GOBOOKS & SITAK GROUP ©

GOBOOKS
& SITAK
GROUP©

三日月書版

三日月書版

輕世代
FW181
KEEP OUT
PHANTOM AGENT
novel.
胡椒椒
幽靈代理人
1
illust.フジワラカイ
三日月書版

幽靈代理人
KEEP OUT

PHANTOM

CONTENTS

AGENT

PHANTOM
AGENT
主角
characters
人物介紹
有沒有搞錯啊！想找凶手復仇為啥要找我！？
又不是我害的，白痴鬼！
●年齡：17
●身高：172cm
高中生，不良少年，
正處在叛逆中二期，
外表凶暴，但其實容
易心軟。

死鬼
PHANTOM
AGENT
我想請你幫忙。
奉勸你先考慮清楚，我不習慣被人拒絕。
●年齡：未知
●身高：184cm
生前是警察，精英分子，自視甚高，最常見的表情是面無表情，或是帶有優越感的冷笑。

PHANTOM

Chapter 1

死鬼現身

AGENT

我正藉著課本的掩護，滑手機滑得不亦樂乎。今天的進展相當順利，破了這個任務就可以拿到超讚道具，應該還能升到一百級。

遊戲畫面下方的對話框裡是我幾個死黨，我們邊打怪邊用文字叫道「死吧」或「X你X的」等，順便聊著學校附近零件費貴爆的車行和機車的老闆。

這時間在線上的人不多，畫面相當流暢毫無lag，BOSS的血條已經見底，一切相當美好，只要再一擊就能成就前無古人後無來者的輝煌霸業。

我摩拳擦掌準備使出必殺技時，對話框裡冒出一句：「911！911！」

還沒來得及反應，忽地腦門上一疼，一塊東西砸在我的腦袋上。抬起頭來正準備看看是哪個王八羔子，只見講臺上的禿頭數學老師——或是英文老師——對我怒目而視。

「你！不想上課就滾出去！」

看了看周圍的同學，眾人的視線一致對著我，這才確認那禿頭發飆的對象的確是我。

「上課偷滑手機以為我看不出來？你們這些敗類喜歡搞什麼花招我一清二楚！」

環顧四周，班上起碼有三分之一的人在睡覺，三分之一的人偷滑手機，而那禿驢就只找我麻煩。

我不禁火冒三丈，大聲罵道：「誰稀罕上你的課！王八蛋！」

我站起身將書包甩上肩膀，不顧背後的咆哮徑直走出教室，順便用力摔上門板，整條走廊的教室窗戶都同時產生共鳴。

教室裡那禿驢歇斯底里地叫罵「社會的渣滓」云云，聲音響徹雲霄。

媽的，狗眼看人低！

這種私立爛學校，只要有錢都能讀，師資評選標準比幼稚園還爛，只要敢來這教書，誰管你是哪間野雞大學畢業，擺出老師的架子跩得二五八萬，還不是其他學校不要的爛渣才來這邊鬼混？我在心裡惡毒地咒罵著。

我一邊走一邊踢倒走廊的盆栽和滅火器，吵醒了不少利用上課時間補眠的學生，教室裡紛紛傳出咒罵聲，一下子熱鬧起來。

這所高中歷史悠久，但近幾十年來變得惡名昭彰，因為聚集了方圓百里之內所有像我一樣連初中都差點畢不了業的人，是著名的罪犯和失業者的溫床。

突然腹部一陣絞痛，我捂住肚子，心想該不會是中午的便當有問題？爛學校連伙食都很差勁！

我三步併作兩步跑進走廊末端的男廁，隨便找了一間就踢開門，拉開褲子開始解放。

我拿出手機，不意外地發現我的遊戲角色已經死透回到新手村，數小時的努力化為泡影，頓時萬念俱灰，也懶得再玩下去，收起手機欣賞起牆壁上的塗鴉。

隔間牆上寫著一堆電話號碼，備註著「哥哥請 call 我喲」之類的，但大家都知道電話另一端盡是其他班上的倒楣蟲；左邊瓷磚上有個胸部大得出奇的裸女，旁邊還寫了一堆淫言穢語，署名是本校校長，六十九歲，性別男。

牆壁上的塗鴉滿得幾乎找不到空位，我伸長手從書包掏出白色噴漆在隔板上清理出一塊區域，然後用黑色噴漆開始淋漓盡致地發揮我的繪畫天分，主角正是那隻禿驢。

蹲了好一會兒才感覺舒暢了，我收起噴漆，伸手摸到紙座隨手一拉，扯下一張長約四公分的衛生紙。

我心叫糟糕，連忙翻開紙座蓋子，只見咖啡色的紙捲筒孤零零地掛在上頭。真他媽的衰！這間學校果然跟我八字不合！

我抓著剛剛撕下來那張小得可憐的衛生紙，扯開喉嚨大吼：「喂，廁所裡有人嗎？幫我拿個衛生紙！有人在嗎？」

我大叫著，只聽到聲音在空蕩蕩的廁所裡迴盪。

這時間沒人是相當罕見的，平時應該都有大把學生躲在廁所裡抽菸或是教訓新生。我又呼喊了幾聲，仍是一點迴響也沒有。

隨手掏著書包，希望可以找到張紙，但我連課本都沒帶，書包裡的紙張只有皮夾裡的鈔票，我再有錢都不可能拿鈔票擦屁股！

我光著屁股蹲在那邊，冷風從門下的縫隙一陣陣吹進來，不由得打了個寒顫，只覺得冷到蛋蛋都要縮起來了。

現在明明是盛夏時分，每天高溫三十五度以上，但廁所裡絲毫不受全球暖化的影響，涼颼颼的直讓人打哆嗦。

再蹲下去都要等到天荒地老了，我考慮著要不要趁著沒人趕緊到隔壁間拿衛生紙，反正不過幾秒的時間……但要是遇到有人進來看見我光著屁股，第二天我就會多個遛鳥俠的新綽號。

可惡，我看了看手表，離下課還有半個多小時。

雙腿早耐不住久蹲已經開始發麻，我咬著牙想打開門觀察外面動靜，就在這時，從隔壁傳來了一道低沉的聲音：「你需要幫忙？」

我吃了一驚，差點沒把褲子都嚇掉了。大驚過後是勃然大怒，老子喊了這麼久，這死啞巴屁都不放一個，現在還敢吭聲！

「對啦，我剛剛叫了這麼久你沒聽到？快拿衛生紙來！」我喊著，心中打定主意，出去一定要教訓隔壁的傢伙一頓消氣。

隔壁傳來一陣窸窸窣窣的聲音，然後一卷紙從上面遞了過來。我飛快地處理完，耐不住心中興奮，只想出去堵隔壁那傢伙。

我慢條斯理地洗手整理儀容後靠在洗手檯旁，雙手交叉著抱胸等那傢伙出來。

不是我太敏感，真覺得今天廁所特別陰森，向外看還看得到刺眼陽光照在地面，但隔了面牆，裡外氣氛截然不同。

頭頂昏暗的日光燈一閃一爍，完全失去照明作用。校方的說法是，男生不用害怕歹徒藏在廁所裡，為了節約能源，男廁只要一盞燈就夠了，說得像是學校裡有女廁可供犯罪似的。

這是所和尚學校，學校的女性只有清潔工和餐廳歐巴桑，女老師來這就如肥羊入虎口。

我回過神，等了起碼有十炷香這麼久了，那傢伙還是沒一點動靜。

我不耐煩地走到門口，用力地拍門：「同學，你拉完了沒，廁所塞車了啦！」

沒想到一拍之下，門竟然彈開露出條縫隙。我趕緊後退幾步，深怕看到讓人做噩夢的畫面，一邊大罵：「他媽的上廁所不關門的喔！」

回應我的是一陣死寂。我索性拉開門板，裡頭竟空無一人。

從隔壁那人手上拿到紙，直到走出門這短短不過數秒的時間，我一直注意隔壁的動靜，就是怕他逃跑害我撲空，沒想到還是功虧一簣。

媽的，八成是料到我出去後會賞他一頓揍，竟然無聲無息地溜了。

空等讓我心情更差，我打開廁所裡所有的水龍頭，把水流調到最大便離開了。

大搖大擺地走出校門口，執勤的教官只是抬頭看了一眼，連個屁也沒放就讓我出去。

騎著摩托車到半路時，我便覺得今天真的有些異常。

頭頂的烈日毒辣得連皮膚都發痛了，我卻一直覺得背後有股寒意，不得不停車把風衣外套拿出來穿。

我打了個噴嚏，揉揉鼻子，該不會是要感冒了吧？

回到家洗了熱水澡，從冰箱拿了冷凍餐盒丟進微波爐裡，然後手機響了起來。是胖子。

才一接起，胖子的大嗓門便透過機器直貫耳膜。

「你死哪去了?!找你半天了！」

「吵死了！」我吼道，邊拿著毛巾擦頭髮。「我回家了。話說你們這群癟三竟然沒提醒我，害我被禿驢盯上！」

胖子鬼吼著：「我提醒你啦！要不然911哪來的？」

「我以為你打911是要叫菜糠幫你補血咧！」

「阿屌拿橡皮擦丟你都沒反應，你遲鈍還怪我？對了，你走之後阿屌也因為睡覺被趕出教室，我就藉尿遁離開。小高和菜糠兩個孬種竟然乖乖坐到下課，所以我們等一下要去他們家蹭晚飯和消夜，你去嗎？」

「不去，我懶得出門，明天見。」

我將手機丟到床上，爬到床上拿了遙控器轉臺，實在沒什麼能看的，就轉到了付費的鎖碼頻道。轉了一輪只覺沒勁，盡播些舊片，還打了超模糊馬賽克，看屁啊……

我看著電視，很快就睡著了。

曚曚矓矓睜開眼睛，面前一片黑暗，微微的光從窗簾隙縫透進來，分不清是陽臺燈還是晨光。

我看著天花板躺了一會兒，赫然想起昨天電燈和電視都沒關就睡了，連晚餐都還放在微波爐裡……難道半夜睡得迷迷糊糊自己關了燈？

我打了個噴嚏，空調開太強，冷得我鼻水都流出來了。我又閉上眼睛，往旁邊摸條毯子胡亂蓋在身上，翻個身繼續睡。

……咦？剛剛翻身時好像瞄到什麼東西？

我慢慢睜開眼皮，扭過頭，只見正上方有個模模糊糊的白影。揉揉眼睛想看清楚，不看還好，看清楚了直叫我嚇得肝膽俱裂。

竟是個慘白的人臉！

臉是倒著的，一雙布滿血絲眼睛瞪得都要爆出來了，他的身體從牆壁透出來，與我的身體平行，正直勾勾地瞪著我！

我的第一個反應是：見鬼了！

扯開喉嚨想要大叫，但聲音卻梗在喉嚨，身體也動彈不得。我想轉頭，但眼睛卻沒辦法離開人影，就這樣跟他大眼瞪小眼。

那隻鬼動也沒動，只是盯著就讓我無法動彈，看著我的樣子就像狗垂涎肉包子似的。我冷汗直冒，把身下的床單都浸濕了，手指用力地絞著被單。

我緊緊閉上眼睛，嘴裡念著：「這一切都是幻覺，嚇不倒我的！這一切都是幻覺……」再睜眼，那鬼依然在。

這就是鬼壓床吧。我只能祈禱趕快結束，要不然請這鬼大哥趕快做點什麼也好，跟他這樣一直對看，我害怕得快爆血管了。

我猛然發現，那鬼的臉竟然愈來愈大……不，是愈來愈近，我似乎都聞到他身上的屍臭味。接著，那鬼慢慢地咧開了嘴，雖然是倒著的，我也能看出這鬼……似乎在笑？

我抽動了一下嘴角，也想扯出個笑容，但無奈這時緊張得顏面神經失調，我不看鏡子也知道自己的表情更像是哭喪著臉。只見那鬼的笑容越發燦爛，似乎是想回應我，我心想著，他一定是感受到我的誠意了。

但我赫然發現，他的嘴愈咧愈開，竟然直咧到耳朵，露出口腔裡白森森的牙齒。

這時，他的臉已經幾乎貼在我的鼻尖上了，垂下來的頭髮搔在臉上。

不、不會是要吃我吧?!鬼大哥！

我很想這樣跟他說，但卻發不出聲音。

過去的一幕幕像跑馬燈一樣在腦子裡自動播放起來。這就是人死前的固定模式吧……我唯一遺憾的是沒能在死前放火燒了學校，還沒去過那間比基尼餐廳，更沒有機會打爛我家老頭子的古董……

仔細想想，我的遺憾太多了！

我閉上眼睛準備受死，手緊握成拳不住地發抖，但那鬼一直沒動靜，簡直是度秒如年！

他應該是在盤算從哪裡吃起，抑或是將頭擰斷，或是等著我活活被嚇死吧。

雖然身體不能動，但腦子還是運轉著，靈光一閃，我想起從小一直放在身上的護身符，手往脖子上一探，空空如也！

眼睛瞥向床頭櫃，救命護身符放在上面。

偏偏就在被鬼壓床不能動彈的時候將救命的東西放得遠遠的！平時都掛在身上的……

我試著舉起手臂，這時才發現雖然軀幹還受那鬼的鉗制，但手腳可以活動自如！

我手一伸，快如風疾如電地抓向床頭櫃，拿了那綠色的犀角形狀墜子貼向那個鬼臉！

天殺的！沒用！那鬼繼續張著血盆大口，連眼睛都沒眨一下……

那死老頭子給我的八成是假貨！愛買古董卻一點鑑賞力都沒有，整天被別人騙！

我嘴上念著南無阿彌陀佛，一邊在心裡詛咒老爸時，眼看那鬼就要對著我的鼻子咬下去……

我尖叫了一聲從床上坐起，額頭用力地和那鬼相撞，這一下撞得我眼冒金星，分不清東南西北，我痛得倒回床上，隨即再一次跳起來，整個人縮到床尾去。

然而那個鬼影竟然沒有消失，隱沒在牆壁裡的身體漸漸浮現。他趴在床上捂著臉，看來我的腦袋著實給了他致命一擊。

不是說身體能動了之後就沒事了嗎？鬼壓床不都是這樣的？

我害怕得連叫都叫不出了，發著抖看那鬼朝我逼近。我往後退，一個倒栽蔥整個人跌到床下。

這一跤讓我神智都回來了，我用屁股著地的孬種姿勢向後退。

那鬼邊爬邊緩緩開口了，聲音飄忽：「我死得好慘啊……」

干我屁事啊！又不是我殺了你！我在心裡哀嚎，話卻說不出來。

「還我命來……」那鬼用手指著我說。

有沒有搞錯啊！找害死自己的凶手復仇也找錯人?!白痴鬼！當然這些話我也只能在心裡想。

「拜、拜託，鬼大哥！又不是我害、害死你的，請你有仇就去報仇，有恩就去報恩，別、別來找我啊……」

我顫抖著邊說邊往後退，背靠上了電視櫃。

那鬼像是沒聽見似地繼續靠近我，他已爬下床了，那樣子簡直就像某住在古井裡的知名女鬼……

我的腦袋一片混沌，腿軟得走都走不動，我已經無路可退了。

驀地，旁邊窗簾下隱隱透出來的光，吸引了我的注意。厚實的高級雙層窗簾阻擋了所有照進來的光，因為我最討厭早上被刺眼的陽光吵醒，所以現在外面應該天色大亮了吧。

我靈機一動，只剩這最後的方法！

我連滾帶爬到窗戶邊，還絆了一跤撞到牆壁，忍著身上的疼痛，用力扯下了窗簾。

頓時，金黃刺眼的晨光照亮了屋內，讓那個鬼影變得透明起來。

我一時不適應這種亮度，眼睛只能緊閉著。

然後，我聽到一個刺耳淒厲的叫聲。

「啊——！」

我勉強睜開眼睛，模糊中看到那隻鬼痛苦地抓著身體，像發狂般地扭動，還不停地發出尖叫聲，震得我耳膜都要破了。

然後，他的身體開始冒煙，就像被潑了汽油般，瞬間燃燒了起來。

那場景怵目驚心，一個身軀在火焰中瘋狂掙扎，我都有點不忍心看了。最後，火焰瞬間消失，只剩一縷輕煙在空中飄蕩。

過了很久，我回過神來。

剛剛那……到底是什麼？

我心有餘悸，慢慢地扶著牆壁站起。

走到床前剛剛起火的地方，乾淨如昔，一點熱度或是燒過的痕跡也沒有，嗅了嗅空氣，只覺得冷空氣灌進肺裡，沒有任何奇怪的味道。

我走到床頭，摸上那隻鬼出來的地方，觸手堅硬冰涼，是很正常的牆壁。

剛剛到底是做夢還是幻覺？

總而言之，如果那鬼是真的，那我豈不是成功擊退他了？看來鬼都是見光死的。一股得意油然而生，驅散了我原本的恐懼。

這可是我平生第一次見鬼，雖然表現有點狼狽，但還是成功驅逐那傢伙了。

不過今天是什麼日子？難道是所謂滿月陰氣最盛的一天嗎？還是九星連珠引發磁場的變動導致陰陽失調？

不過，從小算命先生就說我八字超乎常人地重，將近七兩，身上的煞氣連鬼見了都害怕，照理說，不可能會有鬼魂膽敢來找我索命。

唉，想破腦袋也理不出個所以然，讓那鬼一搞想睡都睡不著了。我看了看時間，才六點而已，這時候打電話過去，有九成九的機率老爸不會接電話，想問他事情還得再等等。

他是個生意人，就算睡覺也不可能關機或靜音，但看到來電是我也不會接，至少可以讓他從好夢中驚醒……思索時，我聽到背後窗戶傳來了聲響。

住在八樓，鴿子和麻雀等蠢鳥常飛到窗臺旁休憩啄食，一大早擾人清夢讓人煩不勝煩，我轉過頭準備趕走那些惱人的鳥。

一回頭看到窗外的東西時，身體一下子僵住了，手機也掉在地上。

有一張慘白的臉，正倒著懸吊在窗外，陰惻惻地對著我笑。

一瞬間我又不禁胡思亂想，說不定那個人只是像湯姆·克魯斯一樣正在執行艱鉅的任務，所以必須倒吊在外面，但CIA特務不會停在一般民宅外面，對著無辜民眾笑得陰森森的。

我之所以可以確定倒吊在窗外的是鬼不是人，不是因為他臉上寫著「我是鬼」或是血淋淋地少了半顆頭，而是憑感覺。

就像是半夜時分，計程車司機絕對不敢在荒郊野外載一名白衣女子一樣，因為那絕對不是什麼好東西。

短短數十分鐘內，我竟然連續遇到兩次鬼！

這一次我已鎮定許多，腦袋飛快地運轉，想找出適合的方法，只可惜我的腦袋已經十七年沒動過，現在要它工作才發現真不太好用。

這隻鬼出現在大白天陽光的曝曬下，竟然一點事都沒有，看來他的道行比剛剛那隻高多了。因此我只有那一百零一個方法——走為上策。

不過天不從人願，我的腳像生了根似地緊黏在地上，完全不受中樞神經的控制，只能眼睜睜地看著那隻鬼慢慢穿過窗戶走進來。對，用走的，因為他有腳，只不過是走在天花板上。

他直直走到我面前，鼻尖離我不到十公分，可以清楚看到他的五官。我顫抖著，冷汗從額角滑下：「鬼、鬼大哥，你們是不是找錯人了？我敢保證我沒害你們啊，我只是個手無縛雞之力的高中生，雖然做過些小奸小惡，但我發誓對得起天地良心。

「如、如果你要錢，我保證燒一堆別墅和賓士車給你們……啊，剛剛那位是您兄弟嗎？我不知道他不能見光，絕不是存心害他魂飛魄散、永世不得超生……」

我雙手合十講了半天，只差沒跪下求饒，也不知那鬼是否被我滿腔誠意打動。突然，鬼魂緩緩地開口，我覺得那一定就像地獄深處傳來的索命魔音。

「我不是吸血鬼，怎麼會怕光？你有常識嗎？」

老實說他發出的聲音非常的……正常，就因為正常，才讓我呆愣在原地不知所措。語調就跟一般人閒話家常一樣，並未拉長尾音或特別淒厲，可能還帶有幾分不屑。

他見我不說話，露出幾分不耐，嘴角抽動了一下，從天花板上跳下來，穩妥地落在我面前。

我嚇得連腿都動不了，眼睜睜看著他湊近我。

「抱歉剛剛嚇唬你，畢竟我得確認你是否合格。」

說完，他又盯著我看了一下：「你不會沒發現剛剛那也是我吧？」倒吊著誰看得出來！我在心裡大叫，面對眼前的情況只讓人更加驚愕，還以為剛剛那隻已經被我消滅了。

那隻鬼看出我的疑問，說道：「適才只是想測試你的膽量，不過你的確如我意料中的膽小，這樣可能有點麻煩。」

他自顧自地繼續說著，沒管我這時已是腦袋一片空白。

「我想請你幫忙，不容許你說不。」他伸手在我眼前揮了揮，見我沒反應便將手慢慢探來。

「你怎麼不說話？嚇傻了？」

看著他的手指慢慢靠近，即將碰上我肩膀的那一刻，我立刻口吐白沫，然後……就不省人事了。

頭痛欲裂，我慢慢地睜開眼睛，腦子一片混沌。

驟然想起剛剛發生什麼事，我一下子從床上跳起來。咦？床上？我應該是很不雅觀地昏死在地上了吧？

「你醒了？」

聲音從我後方傳來。

我只覺得毛骨悚然，雞皮疙瘩從腳底竄上頭頂，原來不是我做夢，這鬼還在。我迅速轉頭，卻見背後一片空蕩蕩，連個鬼影也沒有。

「我在這。」

聲音又傳來。

我朝著聲音的方向看過去，卻還是什麼都看不到。

「你現在看不到我，這樣子談話應該比較方便，省得你又昏倒。」那隻鬼的語氣聽起來不甚耐煩。「剛剛是跟你打招呼，現在開始，就要談正事了。」

我深吸了一口氣，只聽到聲音而見不到影子果然讓人沒那麼害怕了。

我囁嚅著開口：「請問一下，鬼大哥，您到底有什麼事要找小的？如果要錢，我再次跟您保證一定會燒個一卡車的紙錢給您，請您趕快回應該待的地方吧，不要再來纏我，我心臟脆弱，禁不起您這樣驚嚇。」

這樣說實在很沒尊嚴，不過現在哪管什麼自尊，小命比較重要。

那鬼沒有一絲猶豫地拒絕：「我不要錢，那東西在陰曹地府才用得到，就算燒給我也沒用。」

我對著空氣雙手合十道：「鬼大哥，您既然有事情就應該去找家人啊，我只是一介普通學生，什麼事都辦不到的。啊，要不然我去介紹幾個靈媒還是法師給您，相信他們一定能確實達成您的要求。」

「不行。」那鬼聽似無奈地說：「很遺憾你也不是我的第一選擇，這事交給一個低能高中生我也覺得不妥，但就目前狀況，你是唯一能看見我的人。」

我聽著火氣都上來了。騙誰啊，沒人看得到你，那些靈異故事和照片和一堆撞鬼經驗是講唬爛的喔！

我雖生氣但還是陪笑著說：「哪有這回事啊，我認識的人當中，聲稱自己看過鬼的沒有五十也有一百，您只要去找些八字輕的就一定行了。」

「我拒絕。雖然你不可靠，但我也沒時間挑三揀四，之後要是有其他更佳人選，我會仔細權衡。」那鬼強勢地說。

聽到他有些怒氣了，我只好先將就他：「是，是，我知道了。那麼，請問一下，鬼大哥，您到底有什麼事要我去辦？」

「我要你幫我找人。」

「什麼人？生前未能報答的恩人？還是來不及見最後一面的愛人？」

「是殺了我的人。」

「……呃，啥?!」

「我生前是被謀殺的，到現在還沒找到凶手。」那鬼鬱悶地說，「有些線索只有我知道，警方查不到，所以我需要你。」

要我找殺人凶手？這豈不是很危險？為何只有我這麼衰看得到這傢伙啊？不幫他又怕他對我不利，要是想拉我做替死鬼怎麼辦？

「我明白你的顧慮。」那鬼聲音嚴肅地說，「只是讓你去查些資料，然後再告知警察，基本上你不會有什麼危險。」

喔，是嗎？

那鬼的語氣毫無起伏：「只能被你這種……看到，我想我才是吃虧的一方，但這是老天的安排，我只能遵從。」

媽的！得了便宜還賣乖！我老大不爽，質問道：「你怎麼知道其他人看不見你？說不定只是看到了卻沒尖叫啊。還是你看到每個人都要嚇他一番？」

中間極長一段空白，久到我以為他已經投胎了，才聽到他的聲音：「昨天經過你的學校，莫名地我就有種感覺，知道要找的人就在這裡。順著感覺找過去，就看到你走出教室。接下來為了表示善意，我先幫忙你解決燃眉之急，順便測試你是否能感覺到我。」

我想了想，才赫然明白昨天在廁所想揍的衰鬼是這傢伙！竟然說我低能，我一定要去找個厲害的道士讓這傢伙永世不得超生！

「我不會為了騙你答應而說些拉你做替死鬼之類恫嚇的話，這不是我的風格，而且規定也不允許。害死無辜的人，會被打入十八層地獄。我來人世只為找殺我的人，所以你儘管放心，對於害你這件事我毫無興趣。」

聽完他的話之後，我鬆了一口氣，隨即冷笑道：「如果你只會裝神弄鬼，那我還鳥你幹嘛？收工了。」

我大剌剌躺回床上，心想這傢伙比我想像的蠢多了，一開始就把底牌給人家看，誰還會被你唬住？

忽然背後一涼，一隻手探上我的後頸，冰冷刺骨，我忍不住縮了縮脖子。

「奉勸你再考慮一下，我不習慣被人拒絕。」

「去找別人啦，我多燒些紙錢給你好不好，別再來煩我了。」

說著，我用力揮開他的手，隨即渾身如墜冰窖。

我看著自己的手，冰冷肌膚的觸感還留在指尖。我確確實實碰到他了，碰到了照理說應該沒有實體的鬼魂。

我緩緩轉過頭，只見那鬼臉就在我背後，他咧著嘴冷笑說：「正是如此。若你不答應，我多的是方法整你。」

赫然看到他的臉，讓我又是一陣驚嚇。

那鬼離開床邊，坐在另一側的沙發，雙手交握放在膝上。他的表情沉凝，倒不是我一開始看見的那般恐怖模樣。

「我並不喜歡抓著別人的把柄要脅或是以大欺小，所以由衷希望你能答應。」

我坐起身，看著那似乎有些透明的形體。若不說的話，看起來就像是個活生生的人。

我仔細端詳，他長得還挺一表人才的，沒有青面獠牙或是眼歪嘴斜，典型的帥哥臉，些微憂鬱的眼睛、高挺的鼻梁以及堅毅的雙唇，是那種從十八歲到八十歲女人都會喜歡的類型。

身材高大挺拔，穿著毫無一絲皺摺的西裝，儼然一副精英分子的模樣……看了就討厭。

過了好半天我才開口：「你為什麼可以碰到我？你們不是應該只能穿牆啥的？」

那鬼蹺著二郎腿坐在沙發上說：「在這之前我也不行，直到遇見你之後才有了碰觸的能力，不過只能碰觸看得到我的人……就是你，和沒生命的物體。」

我想了一下，他碰得到我但沒辦法害我，既然如此，也沒什麼好擔心的。

「我管你碰得到誰！快滾，老子沒心情跟你玩。」我惡狠狠說。

「你真的不幫我嗎？」那鬼冷著臉問道。

「鬼才幫你啦！」

「唉。」他嘆道，「既然如此，那我要對你作祟了。」

「你要幹嘛？讓花瓶飛來飛去嗎？」我嘲諷地說。

「這也是其中一種方法，不過太老套了，我不想用。你就等著瞧吧。」那鬼陰沉地道。

Chapter 2

驅鬼行動

「Oh, my love, my darling…」

我用枕頭蓋住耳朵，卻還是沒辦法阻止恐怖的魔音傳腦。

從那天起，那鬼不知用了什麼方法，我滿街看到的人竟然都是他的臉，不管男的、女的、老的、小的，清一色都是他的臉！

就連到了學校，我只能靠聲音和身材辨識出幾個同學，根本看不出來哪些是我本來認識的人、哪些又是路人。

每天都只能看到一張臉比想像中來得痛苦又噁心，尤其是娃娃車裡的嬰兒身軀配上成年人的臉……

更煩人的是，一到晚上我準備就寢時，他就開始深情款款地唱起《第六感生死戀》的主題曲，從天黑唱到破曉，唱得荒腔走板、五音不全，還時不時地嚇我一下，害我幾天以來枕戈待旦，只覺得快崩潰了。

「我多燒些紙錢給你，拜託你閉嘴好不好？」我蒙著被子大叫。

死鬼停下說道：「我也說過，你燒再多銀紙對我來說都沒用。你們在人間燒的東西，到了下面都被鬼差瓜分光了，下面一切資源都掌握在有權勢的人手中，地下的權力運作和利益輸送的複雜度堪比人間。」

我聽他停止唱歌簡直樂翻了，連忙附和他道：「沒辦法，官僚體系都是這樣，要不要你也去買個官來做好了？要是不想同流合汙，還可以提個民主改革法案。」

死鬼冷笑道：「地下早已人滿為患，而且我對政治沒半點興趣。現在當務之急是找出殺我的凶手，所以你意下如何？」

繞來繞去又回到我想逃避的話題了。我掀開被子大吼：「我死都不要！」

死鬼抬眼淡淡地看著我，眼神裡充滿了包容和憐憫，好像我幹了不得了的蠢事似的。

「相信你也看得出來，音樂並非我的強項，而花了這麼多時間將自己的醜態暴露在他人面前，對我來說也如同酷刑。你若答應我，便可同時結束彼此的折磨。」

我翻了翻白眼，嫌棄地在心裡罵「放屁」。

這傢伙就像有裸露癖的變態，非要對著別人露出自己小得可憐的鳥，還將責任推諉到路人頭上。

「我必須聲明，這不是勸誡，而是警告。」死鬼表情平和地說著，「再拖延下去，我無法擔保不會做出……讓我自己後悔的事。」

我悚然一驚，要是真等到他不耐煩，說不定哪天就凶性大發，把我凌虐致死……

不行，我得想些法子解決。

隔天，我頂著兩個黑眼圈，去問了住同一棟樓的歐巴桑，她介紹了一個專家給我。死鬼也沒阻止，一臉看笑話的鄙夷樣子跟著我。

到了一座小廟，只見一個男人——因為只能看到死鬼的臉，無法分辨他的年齡——拿著符紙和桃木劍裸著上半身，口中念念有詞，不久後就開始起乩了。

他不停跳來跳去，邊唱著奇怪的經文，說是要傳達三太子的旨意，要我準備三牲素果，再辦個盛大的法會，就可以驅逐我身上的惡鬼。

我看著那人頂著死鬼的臉，而那傢伙就站在他旁邊對我冷笑，不禁罵自己太笨，怎麼會來找這種神棍。

再隔天，我去了市區一處頗負盛名的寺廟。

廟方人員都是穿著藍色長袍的中年婦女，不過在我看來，她們也都長著那死鬼臉。在莊嚴肅穆的氣氛下，她們要了我的衣服，用一個盤子裝了些生米，再把我的衣服放上去，然後點了三炷香，將香插在我的衣服和米之間。一人口中念著《大悲咒》，請佛慈悲下視眾生之苦……

之後，她們用那死鬼的臉，慈祥地對我微笑說：「你把這些米吃了，把衣服穿起來就沒事了。」

……我又不是來收驚的。

見我還是臉色陰沉、凶神惡煞的模樣，幾個歐巴桑還聚在一起說我八成是被附身了，很好心地跟我介紹法力高強的師兄之類的。

第三天，我去找了教會。

我聲淚俱下地讓他們答應我受洗，然後神父領著幾個人到了我家。實行驅魔儀式必須經過梵諦岡的核准，也必須要有被附身的實質證據，他們架設了一堆錄影器材試圖誘使惡魔現出原形，不過錄影機只錄到我暴跳如雷地對著空氣發飆，連個鬼影都沒拍到。

神父離開之前語重心長地向我推薦教會辦的互助會，有戒酒、戒毒、戒性上癮，還有掛牌的心理醫生專門治療妄想症……

驅魔正式宣告失敗，不過神父沒陣亡，而是被我趕出去了。

我關上門，回到房間，只見死鬼一臉幸災樂禍的樣子。

「我建議你接下來可以找個德魯伊巫師，或是開始學習黑魔法召喚所羅門王的七十二魔神，不過代價是你的靈魂，可得慎重考慮。」

我心頭火起，大罵道：「我絕對不幫你！反正老子多的是時間，就陪你慢慢玩！」

死鬼舉起雙手：「我認錯，不應該調侃你。不過也請你體諒死人的心情，我的時間不多，再不找到那個凶手，我就要帶著遺憾去投胎了。」

……媽的，這聽起來的確很悲慘。趁著轉臺空檔偷覷，見他表情沉著，倒不太像是急著想要抓人的模樣。

不過這傢伙有些悶騷，說不定正努力壓抑情緒保持鎮定。然而往另一方面想，也可能只是演戲誘我入套。

我的確有些同情他，只是他整得我這樣悽慘後才答應幫他，那不就代表我屈服在他的淫威之下？這口氣我無論如何都嚥不下去！

「我沒有義務幫你！話說回來，你能給我什麼好處？這年頭已經不流行當義工了，要我幫你，先拿一千萬來啦！」

說完，我扠著雙手示威地瞪著他。

他沒說話，就只是看著我，連眼睛都沒眨一下——我不確定鬼是否有眨眼睛這種機制，不過他這樣直盯得我全身發毛。

感覺得出他應該是個不常遇到挫折的人，該不會覺得我侮蔑他高尚的死人自尊而惱羞成怒……吧？

他突然笑了起來，笑得很是張狂。

我錯愕地盯著他像瘋了一樣不停大笑，這種笑法完全不符合他原先的形象。我不知道鬼會不會有精神方面的問題，不過我眼前這隻看起來病得很嚴重就是了。

「你還好吧？」我有些擔心地問，「你也不用太在意，趕快去投胎吧。冤冤相報何時了，不如趕快找個好人家吧。」

驀地，死鬼安靜了下來，一點聲息也沒有，只盯著地板看。

我寒毛都豎起來了，這種山雨欲來風滿樓的氣氛讓我有種不祥的預感。

我警戒地向後退了幾步，戰戰兢兢地說道：「喂，你可不能亂來，要是殺了我，可是要被打入十八層地獄、永遠不得超生！」

這警告聽起來有些沒力。

他抬起頭，臉上帶著淺笑，我卻感覺到些微寒意。

「你、你笑屁啊！」

「既然如此。」他用低沉的聲音輕聲說道，「雖然不符合我的原則，我只好拿出最後的殺手鐧了。」

我嚥了嚥口水，後悔不應該把話說得太絕，才想開口就看到一隻骨節分明的手向我襲來。

死鬼直接扼住我的脖子，將我用力壓在牆上。他抓著喉嚨讓我覺得呼吸困難，這時更是嚇得六神無主，只想著這傢伙要大開殺戒了。

「救、救命啊！」我死命抓著他的手臂，雙腿朝他亂踢一通，但他的手極為有力，掐著我釘在牆上竟是紋絲不動。

這是我第一次感覺到自己命在旦夕，不由得渾身發抖。

死鬼在我正前方，臉色死白且五官扭曲，猙獰得像是前來索命的惡鬼，或許下一刻他的嘴裡就會噴出地獄之火或是從眼睛射出死光……

相信我，此情此境就是如此驚悚。

「我、我決定幫你找到凶手！」我徒勞地抓著他的手臂，努力為自己多爭取些空氣。「我會將這件事當成畢生志願！不抓到他絕不罷休！就算我死了，我的子孫也會繼承我的遺志繼續追查下去！」

死鬼陰沉地道：「太遲了。」

霎時我只覺得天崩地裂。

西毒歐陽鋒後悔沒殺了郭靖、愛因斯坦後悔製造出原子彈，他們的後悔都比不上我現在心中的悔恨。為什麼不敷衍隨便答應他？為什麼那時候在廁所要接受他的衛生紙？

遺憾如百貨公司週年慶的客人般紛至沓來，蠶食著我最後的生命。

「求你別殺我！我真的知道錯了！」我兀自做著困獸之鬥，希望可以動之以情。「我老爹只有我一個兒子，我死了他也沒力再搞一個了，我家的香火就要斷絕啦！我才十七歲，還沒經歷過真正的人生啊！」

死鬼眉毛一挑，掌下力道絲毫未減：「誰要殺你？」

我一愣，狐疑道：「你……沒要殺我？你不是打算掐死我？我可是坐視你含冤而死卻不為所動的冷血動物耶！」

他認真地思考了會兒：「我現在的確相當憤怒，但你罪不致死。」

我鬆一口氣，身體軟了下來，若不是他還掐著我，應該已經癱倒在地上了。

死鬼見我放鬆的模樣，臉上浮起一抹詭異笑容。

我拍了拍他依舊抓著我喉嚨的手：「如果沒打算殺我，是不是該放手了……嗚！」

他沒鬆開手，反而更使勁地捏下去，我不得不抬起頭盡力保持氣管順暢。

他整個人……不，是整隻鬼湊近，冰冷的氣息吹拂在臉上。「我不會殺你，但還是要讓你付出相應的代價。」

我漲紅了臉不斷咳嗽，咳到眼淚都快流出來。「你、你瘋了！你快掐死我了！快放開我！」

死鬼微微鬆開手，接著俯身下來，在我耳旁低聲道：「我要閹了你。」

他的話讓我一頭霧水。「醃我？鹽巴還是醬油？」

「……另一種『閹』法。」

我思考了半晌才理解他的意思，瞬間只覺得他的威脅太假了。我結結巴巴地開口道：「大、大哥，你是不是腦子壞了？你不是說不能傷害無辜的人嗎？」

死鬼斬釘截鐵地道：「我不在乎。如果無法報仇，我倒是不介意多拉幾個人下水。」

我無言以對，貧乏的腦袋思考著幾種可能性：

第一：他是為了騙我答應他所以才這麼說。

第二：要是我再不答應他真的會這麼做。

第三……想不到了。

「你、你不會真的這樣做吧？你可要想清楚，會被打入十八層地獄，永、永世不得翻身喔！」我試著跟他說道理。

「你放心，只要不把你弄死就好。」他陰森森地道。「當初閻羅王是說不能『害死』無辜的人，可沒說不能把人弄到半身不遂，就算必須要接受制裁，我也能鑽這個漏洞讓自己脫罪。」

我還在思考時，死鬼的聲音又傳來：「現在就讓你親身體驗一下，我是不是虛張聲勢的人。」

有沒有搞錯，我才不要被閹掉咧！

我奮力掙扎，沒想到死鬼的力氣大得驚人，我被他死死壓在牆上動彈不得。死鬼好整以暇地看著我徒勞地掙扎，另一隻手中把玩著小刀。我大驚失色，那是我平常破壞公物用的，一直都收在書包裡，啥時被他拿去了？

我大罵：「操你媽的王八蛋，士可殺不可辱，你不如殺了我吧！」

我雖然這樣叫，可是心裡一點都不想死啊！

他冷笑道：「被你拒絕給我的打擊太大，可能有點精神失常——在地獄的法庭上我大概會這樣抗辯。」說完，他竟然彎下腰，手往我胯下伸去。

隔著褲子，我的小兄弟都能感覺到金屬冰冷的質感，激得我一哆嗦，渾身雞皮疙瘩都上來了。

男人可以沒錢，可以不要命，但「沒種」卻是一輩子也洗刷不去的恥辱！

我驚恐大叫：「好啦，我知道錯了，我一定會鞠躬盡瘁、死而後已地幫你，不收取分文！」

「真的不需要？閹了有很多好處。」死鬼說著還將小刀更用力地壓上來。

你又知道？該不會你也被閹過吧？

我心裡這樣想，但嘴裡可不敢說出來。「真、真的不用麻煩你了！您說向東走小的絕對不敢往西！」

我抓住死鬼的手信誓旦旦地保證。

他考慮了會兒，慢吞吞地收起刀子放在床頭櫃上。「別忘了你剛說的，你要為我做牛做馬、毫無怨言，要是敢打什麼鬼主意，我就閹了你。」

話沒說完，死鬼的身影就慢慢地消失，只留下聲音迴盪在周圍。

我一下子軟倒在地，大口地喘著氣。眼角餘光瞥見丟在地上的書包，趕緊拿起來蓋著我受驚的小兄弟。我敢保證，接下來不管發生什麼事，都不可能比這次更驚險了。

我躺在地上好一陣子才僵硬地起身到廁所，雖然現在看不到那死傢伙，但我知道他無所不在，這時極度需要一個獨處空間平撫一下我受創的心靈。

我回到房間，果不其然又看見他背著手思考的樣子。我惡狠狠地盯著他，以眼神表達本人多麼憤恨，以我最慢的速度拖著腳走到他身旁，擺出等他發落的模樣。

「首先，換個髮型。」死鬼看也不看我說。

……連我的頭髮都管，我一定要找到法力高強的驅魔師把這傢伙趕回地獄！

我恨恨地說：「我操！頭髮又礙到你喔，你管我頭髮怎樣！我就算要梳得像女神卡卡或金正恩也不關你的事！」

死鬼微微抬起眼，暴風雨前的寧靜。

「第二，把你的嘴放乾淨點，否則我就拿漂白水幫你洗嘴巴，親自教你正確的說話措詞。」

「靠！老子又不是被嚇大的，漂白水……你騙誰啊！」我無視他的大便臉罵道。

「別惹我。」死鬼淡淡地吐出威脅的話，但剛才冷淡的臉已變得陰沉無比，「我怎麼說你怎麼做，否則我可不敢保證我會不會失去理智。先提醒你，我這趟回來，一定要帶個人下去。如果找不到陷害我的人，我可不在乎陪我下地獄的是誰。」

……有病！而且病得相當嚴重！我不由得有些驚慌失措，我怎麼會惹到這種人啊！看他凶狠的樣子，生前八成是個罪犯。

見我驚懼的樣子，死鬼的臉色緩和下來，「今天你就好好休息，養精蓄銳一番，明天就要開始了。」他說完揮了揮手作勢要我出去。

我愣了一下，憤憤然起身出門。當下還是先乖乖聽從他的吩咐，畢竟他的精神狀態實在很讓人擔憂，說不定一發作又想掐死我了。

隔天，一大早就被那死鬼挖起來。這一覺睡得很好，可能是因為不用擔心他再作祟，也明白想太多只是我吃虧，倒不如坦然接受得好。

被鬼纏上這種事倒也不是沒想過，只要看過《暫時停止呼吸》應該都會幻想自己被漂亮的女鬼看上有多爽。

我一邊吹著頭髮一邊想，被你纏上衰的是我好不好，竟然還敢嫌我髮型不好、講話粗俗，我多希望是個女鬼啊！到時要擔心的可能就是精盡人亡了啊……

我滿腦子綺思走回房間，那死鬼看到我染回咖啡色並放棄髮蠟的頭髮，挑剔的樣子就像是買西瓜的大嬸。

「現在起碼像個人。」他看起來相當滿意。

我白了他一眼，不像人難道像鬼？說什麼廢話……

「你可以試試剃光頭？說不定很適合你。」他邊說邊揉著我的頭。

我用力掙脫，從抽屜翻了副平光眼鏡戴上。「你要不要走？再不走我就不去了。」

「為何要戴眼鏡？你視力好得很。」死鬼疑惑道。

「笨蛋，以防萬一你要我做什麼危險的事，這副眼鏡就可以當我的偽裝了。」

「……你以為會有人蠢到戴了副眼鏡就認不出你？」死鬼嘲諷道。

我懶得理他，逕自下了樓。

走到我的空軍一號旁，正要拿起安全帽時，死鬼突然問道：「你還沒成年吧？之前跟著你從學校回家時我就有這個疑問了。」

「還沒啊。」我說得理所當然，一邊把安全帽往頭上戴，問道：「要去哪？不會很遠吧？」

「……是不遠。」

我心裡微微吃驚了一下，本以為死鬼會頤指氣使地說「未成年不能騎車，走路去」之類的。

我坐定之後，想不到死鬼也跟著坐了上來，後背一陣涼意。

「你在我後面幹嘛？」我轉頭問他，移動我的身體想離他遠一點。

「我要跟你一起去。」

「你……你當然要去啊，不過我的意思是，你坐在我後面做什麼？」

「如果不搭順風車，我要怎麼去？」

「你是鬼耶，用飛的就行了啊！要不然瞬間移動也行啊，鬼魂不都可以一瞬千里，要去哪就去哪？」

「我不清楚其他鬼魂，不過我沒那種能力，當然是坐車比較快。」死鬼說著拍了下我的安全帽。「我第一次見到你時就是搭你的車回來，那時你也沒發覺。」

媽呀，那是說以後不管去哪，他都得跟著我囉？本來還想趁著前往目的地時甩開他……

我沒好氣地說：「喂，我的腰是美眉專用的，你扶著車尾把手就好了。」

「少廢話，快走，我會指路。」死鬼喝道。

我無奈地發動車子。

死鬼就坐在後面，卻一點重量感也沒有。

我忽然想起，根據研究，生物在死亡的瞬間體重會減少，雖然只是非常輕微的重量，以人類來說是二十一公克，但大家說那就是靈魂的重量。如果死鬼的重量就是那麼輕，隨便一陣風就能把他吹跑吧？

只要我騎快一點，然後趁他不備把他拋出去……我不禁偷笑出聲，繼續發動車子。

「咦？好像發不太動耶。」我一邊催油門一邊假意說著。

「動作快，我沒時間等你。」死鬼不耐煩道。

哼哼哼……我在心裡竊笑，你這囂張的氣焰也無法維持太久，等一下摔你個狗吃屎！

過了一會兒，感覺到背後逐漸升高的焦躁。

「讓我看看。」他終於開口了。

就是現在！我一下子將油門催到底，車子猛然衝了出去，引擎轟隆作響，但我不敢減速，很長一段路之後，才從後視鏡偷偷去看。

耶，擺脫他了！我的背後空空如也。

我放慢速度，簡直掩飾不住心裡的興奮。等一下就算被死鬼找到，也只要推託說不知道，把過錯全推到車子上就好了。

正當我洋洋得意時，一個冰冷的聲音猛地在我耳邊如喪鐘般響起：「你笑什麼？」

我嚇得差點從車上跳起來，龍頭一歪，整臺車子打滑衝了出去。

等我回過神來，整個人呈大字形躺在我的小車旁。

痛死了！我捂著屁股站起，幸好路旁是草皮又提早減速，所以有事的只有我的屁股和手肘，還有我的空軍一號——已經變成鐵達尼號了。

我哀嚎著查看車身上的刮傷，盤算著要花多少錢才能修復刮得傷痕累累的烤漆和歪掉的踏板和剎車。

死鬼站在一旁，一點事都沒有。他好整以暇地扠著手說道：「你剛剛試圖瞬間加速甩掉我？」

雖然我和我的愛車摔得全是傷，但理虧的是我，怕他找藉口釘我，只能悻悻然說道：「怎麼會啊，剛剛車子自己衝了出去，我也沒辦法控制啊。」

「哼。」死鬼冷笑了一聲。

我知道他一定不相信，轉移話題道：「我先牽車去送修，我們搭其他車去吧。」

「你的車沒什麼大礙，只不過是些刮傷而已。」死鬼道。

「什麼？」我勃然大怒：「一個男人的車是他的門面耶！車刮傷了不修理就跟女人破相一樣嚴重！」

「白痴——這個詞很沒格調且帶有歧視意味，但你就只適合這類詞彙。」死鬼冷冷拋下一句。

我含淚牽著我的空軍一號到旁邊的機車行，千叮嚀萬囑咐一定要好好對待它。依依不捨地跟它道別後，我問死鬼：「到底要去哪裡？跟我說地址，我們搭計程車去吧。」

死鬼沉默不語。

我疑惑問：「怎樣？有問題嗎？」

「走路去。」

我馬上反駁他：「你有病啊？放著車不坐你要走路去？你知道現在氣溫有多高嗎？」

「……」

「為什麼你不搭車？」

「照做就是，不許有異議。」死鬼不爽道。

我也很不爽：「喂，你是鬼，當然無所謂，在這種太陽下走路會死人的耶！不管，我就是要坐車，看你要跟在車後跑還是怎樣，隨便你！」

死鬼的視線如雷射光一樣掃向我，看起來又快回到說要閹掉我的那種抓狂狀態。我縮了一下，如果一直暴露在如此威脅下，只怕我的心臟承受不住。

「我知道了啦！走就走！你不要這樣看著我，我又沒有欠你錢！」我故作凶惡道。

媽的，這傢伙脾氣真差！我心裡埋怨時，死鬼催道：「知道了就快走！」

「已經在走了啦！」我不爽回道。

「喂，到底要去哪裡啊？已經走兩個小時了耶，你不是說很近嗎？」我看著耀眼燦爛的陽光抱怨。

這不是因為我太虛弱或是故意找碴，在這種三十六度高溫下趕路，誰都會受不了。

「快到了。」

死鬼不耐煩地說著，腳步看起來與一般人無異，只是從我旁邊走過的行人一個個穿過他的身體，看起來真夠噁心的。

可惡！我滿腔怒火，卻只能伸手擦去不斷淌出的汗珠。這傢伙一定是故意整我。

啊，視線開始模糊了，我怎麼看到前方有一片綠洲，一堆比基尼泳裝美女在水裡玩海灘球，一邊還向我招手……

死鬼停下腳步：「就是這裡。」

我發誓我這輩子沒聽過這麼悅耳、如此令人雀躍的話。幻覺頓時消失，取而代之的是聳立在眼前的一座大廈。

我吹了聲口哨，這棟樓有些年代了，不過也算是中產階級以上才能住得起的房子，房貸大概繳四十年都繳不完。

「這地方我有印象耶，不過這是一般民宅吧？要查殺人凶手，不是應該去酒吧或賭場？」

死鬼居高臨下睥睨著我，嘴角掛著冷笑道：「你電視看多了。我需要你先去拿些東西。」

心中疑惑頓生，我趕忙道：「喂，你可別叫我私闖民宅喔，犯法的事我不做。」

「這裡是我生前的住所。」說著他已經繞到大樓後面去了，「如果這麼擔心犯法，怎麼還會聚眾打架還無照駕駛？」

「我駕駛技術好的咧，而且我也嚴守交通規則，絕對不酒駕闖紅燈！」

死鬼斜睨了我一眼道：「無照駕駛就是違反交通規則。而且那天跟著你從學校回家時，你沒戴安全帽吧？」

「呃……」這我就沒辦法反駁了。為了維持髮型，怎麼能戴安全帽？

我跟著他進入停車場。通往電梯的地方有一扇大門，我照著他的指示輸入幾個密碼，門便應聲而開。

搭電梯到十七樓，我躡手躡腳走到了死鬼家門口。大樓一層有兩戶，我深怕會被隔壁鄰居看到，如果報警抓我，我可不知道要怎麼跟條子解釋是屋主准許我進去的。

「喂！要怎麼進去啊？不會叫我開鎖吧？我可沒有髮夾喔。」我輕聲催促死鬼，「還是你要穿過去開門？」

死鬼指指地上。我彎下腰掀開大門地毯，下面有一張扁平約信用卡大小的東西。

「這門是卡片鎖，有鑰匙何必這麼麻煩？」

「鑰匙竟然藏在地毯下，你才是看太多電視了吧！這樣一定會被偷的！」

我一邊碎念著刷開大門，並沒有預想中迎面撲來的霉味，而是一股冷清的味道。屋裡乾淨明亮，像是主人只是出門上班，晚上就會回來的樣子，一點都不像久無人居。

我看著玄關旁的鞋櫃，整整齊齊擺著幾雙男鞋。隨手摸了下，一塵不染。

「脫鞋。」

我正要走進去時，死鬼如此說道。

「嘖！」真龜毛，但我還是邊嘟囔邊脫了我沾滿泥沙的鞋子。

輕手輕腳走進去，我看看四周，這裡面的擺設看不出所以然，家具都蓋上了白布。

「喂，死鬼，你一個人住嗎？」

「嗯。」

「嗯什麼呀？」我對他的惜字如金有些不爽，「接下來你應該說你其他家人在哪，還是老婆跟你離婚跑掉了之類的，一般人都這樣的，你有沒有常識啊？」

「你話真多。」死鬼頓了一下，繼續說，「家人住在其他地方。」

廢話！有說跟沒說一樣！

我繼續參觀他的房子。走到電視櫃前，看到裡面一排排的光碟，我便動手翻了起來。

「你在找什麼？」死鬼皺眉道。

「除了A片還有什麼？去別人家第一個要注意的就是電視櫃。對於A片的鑑賞我已經練到爐火純青了。」

「無聊。」

「這你就不懂了，一個人喜歡什麼樣的片子，可以從中分析出他的性格。看你喜歡波霸美眉還是熟女，野合或是痴漢電車……你這裡什麼都沒有嘛！」我翻了半天，根本沒看到半片。

我不死心，將盒子一個一個打開看。外面的店家最愛掛羊頭賣狗肉，因為怕被抓，通常外盒都會用經典名片包著……

「抱歉讓你失望了。」死鬼冷笑。

「靠！你不看A片的？」我啐道，鍥而不捨地把光碟從盒子拿出來，看看是否藏在其他片子下。

死鬼嗤之以鼻：「我的夜生活從來不虞匱乏。」

我粗魯地將片子全塞回櫃子裡，酸溜溜說：「對啦對啦，你很厲害啦，哪像我都要靠A片和右手啊。」

可惡！一想到這傢伙糾纏不清害我連獨處的時間都沒了，就覺得恨得牙癢癢，巴不得將他挫骨揚灰！

「你家還真乾淨……」我偷瞄著他，委婉說出從進門開始就有的疑問。「你死了沒幾天？」

「有些時日了，還不算久。」

「喔……」

我環顧四周，看到一面牆上掛著大大小小的照片。有死鬼學生時代的照片，拿著旗子和獎牌和同學們笑得合不攏嘴，我仔細一看，是名校制服呢。還有學士照、碩士照等，但最多的還是他與兩個女人的照片。

從相似的輪廓看來，應該就是他的母親和妹妹吧？看得出來他們感情很好。

我一直都只把死鬼當成個討厭的死鬼來看，從沒想過他曾經活著，可能有著美好的人生、珍惜的家人與朋友。現在站在他生前的居所，我深刻地感受到他是一個活生生的人，說不定我們還曾在街上擦身而過。

這是我第一次對死亡這件事有了進一步的了解，不知道是什麼原因讓他必須以鬼魂的形式存於世上，找出殺害他的人。

「喂，你……怎麼死的？」

我有些遲疑，對活著的人談死去的人不太好，但我不曉得對死去的人談他生前怎麼死的是不是妥當。

「我不就說過了，被人害死的。」他不耐煩地說。

「我知道你是被人殺的，我的意思是……例如說，你死的時候幾歲，還有……」

「這是我的私事。」死鬼冷淡地說，「辦好我交代的事才是你的責任。」

我頓時火冒三丈，不滿道：「你自己拖我下水要幫你查，這種事情我有權利知道吧？我也要知道現在的情況以及可能潛在的危險。

「我跟你說，現在我們是同一陣線，我可是義務在幫你耶！你要是不說也無所謂，老子認了！你以為我真的怕你啊，要殺要剮隨你啦！」

死鬼冷冷地看了我一眼，那威力簡直比γ射線還強！

驀地覺得室內溫度好像低了幾度，我馬上後悔剛剛說了有勇無謀的話，但人的天性就是八卦咩！我很想直接認錯請他原諒我，但是這樣又很孬……

我正躊躇著要不要道歉，死鬼驟然呵呵笑了起來，那聲音聽了實在讓人背脊發毛。

「雖然你說的有道理，但我聽了不爽。你說該怎麼辦？」

死鬼臉上掛著笑，但眉目間似乎凝聚著殺氣……也有可能是我的恐懼心理作祟，但不管怎麼看他都是一副想要殺人滅口的樣子啊！

救命啊！老媽！妳兒子年紀輕輕的就要去陪妳了，妳還不趕快顯靈，擊退這個傢伙？電視上死了父母的主角都是這樣，哈利波特他老爹老母也在緊要關頭救了他。老爸……啊，他還沒死。

正當我在心裡哭爹喊娘時，死鬼緩緩開口了：「我是被槍殺的。」

我偷偷瞄了瞄他的臉色，還是一樣的撲克臉沒什麼變化，剛剛的殺氣似乎消失無蹤了。

我欣慰地說道：「看，這不是很容易嗎？畢竟我們也算是搭檔嘛，當然要和平相處。」

「你只能算是跑腿。要是再多話我就撕爛你的嘴，不會說話更容易辦事。」死鬼笑得陰森森地說。

我在心裡再度確定了，這傢伙一定有嚴重的精神問題！

說不定是嗑藥嗑死了……咦？他剛說他是怎麼死的？我仔細回想，他說……

「咦！槍殺？」我大叫。

這樣子事情都有合理解釋了，年紀輕輕就住高級大廈，又死於槍殺，他生前八成是為富不仁的奸商或是作惡多端的幫派分子！

不過出來混的總有一天要還，要找槍殺他的人，無論如何都要歸咎於自己的所作所為吧。

我鄙夷地問他：「你應該是跟人結怨吧？八成是和黑道利益勾結，條件談不攏，或是上了大哥的女人之類的。」

「別大肆宣揚自己的愚蠢。」死鬼用力地敲了我的頭，「你說誰是黑道？沒看到我掛在牆上的照片和勳章？」

我轉過頭去，牆上除了他的畢業照，果然還有大大小小閃亮的勳章，以及那張露出燦爛微笑的照片，照片中他穿的衣服看起來真像警察制服，上面的二線三星……

「你是條子?!」我驚訝地問道。

這傢伙哪裡像警察啊？盡用一些卑鄙手段威脅我，說他是黑道我才相信！

「不管你相不相信，我的確是警察。」他面無表情地說，然後轉身走向一間房間。

「跟我來。」

我跟在他後頭有些心驚膽跳，這種傢伙竟然是條子，難怪這社會一點天理都沒有，之前抓過我的幾個凸肚老頭子都比這死鬼來得正義公理啊。

「你幹警察能住高級豪宅，該不會是貪汙來的吧？」我不齒地問，就我所知，電影中這種警察一定都沒有好下場。

「那是我投資來的，我大學念的是商學院，當時買賣股票賺了不少錢。大三才決定轉學進警大就讀。」他雲淡風輕地說。

我仔細看著他的臉，就他的表情看來，他說的應該是真話。

「那你是在追捕犯人還是執勤時，被……那個的嗎？」我小心翼翼問道。

「算是。」

死鬼看著牆上的照片說道：「當天，我收到線人快遞來的資料。我和線人一向都是親自見面或是用其他特定方式傳遞訊息，從不假手外人，因此覺得事有蹊蹺，但一直聯絡不上他。

「就在那時，他撥了電話給我，說他可能見到嫌犯了，可是還沒說出地點便斷了線。我用他手機的GPS衛星定位出他的所在。由於線索敏感，我沒帶任何後援一個人直接去了。」

死鬼停下來，我屏氣凝神，耐心等他說下去。

「我趕到現場時，只見到那名線人的屍體。確認他的死亡之後，就結束了。」

「什麼意思？」我焦急地問。

「確認線人已死後，隨即我就不省人事了。再次睜開眼睛，兩名鬼差站在我面前，告訴我七天後會領我去地獄報到。之後你也知道，我獲得特赦回到人間，只是沒人看得到我，包括我的家人、朋友與同事，所以無法有任何作為。

「直到遇見你……你也是唯一知道我的存在的人。」

簡直跟拍電影一樣嘛！沒想到現實生活中真的有如此情節，我轉頭看到死鬼陰鬱的表情，心裡有些不安。

「呃，你該不會是想親手報仇吧？你不是說殺人會被打入地獄嗎？」死鬼的臉一副就是想要把人碎屍萬段的樣子。

「你放心。」他森然道：「我不會蠢到讓自己永世不得投胎，我會慢慢折磨他，讓他求生不得，求死不能。」

我鬆了口氣，開口安慰他：「那就好，這個嘛……人死不能復生，你要節哀順變才好，別一時衝動把自己前途都賠上去了……」

死鬼一巴掌打在我頭上，痛得我齜牙咧嘴。他毫不在乎地說：「跟我來。」說完轉頭走向一間房間。

我憤怒地跟在他身後。他停在門前，我一個箭步上前用力扭開門鎖，強顏歡笑道：「你怎麼不順便幫我開個門呢？實體化像人一樣走進來不是很好？」

「不行，我不能隨便實體化，那會過度消耗我的精力，我可不想還沒抓到凶手之前就魂飛魄散。」

……我被你整到都快魂飛魄散了！

死鬼對我的怨懟充耳不聞，自顧自地走進了房間。

他應該是將書房和臥房合在一起，進房一看到他的書櫃和床鋪，我又開始蠢蠢欲動，二話不說，先去翻他的床底……還是沒有。我從地上爬起來，逕自走向書櫃。

死鬼在一旁像看猴子表演一樣，任我為所欲為。「如果你想找色情書刊，很抱歉，還是沒有。」

「咕！」我隨便翻了幾本書後作罷，轉頭問他：「你要我拿什麼？」

「當時線人交給我的資料，我還來不及看就先去找他，我想資料裡應該有什麼讓他惹來殺身之禍的情報。」

我咋舌道：「你這線人是什麼人物啊？會讓人想殺他的情報……他該不會每天穿梭在槍林彈雨中吧？」

「畢竟我們調查的是大宗的毒品交易，為了龐大利益，那些毒梟不會在意殺掉任何洩密者。」

「原來你是緝毒組的啊，難怪，要是被你們發現的話，一定損失超多錢的吧，所以才要先下手為強……」我喃喃道。

「沒錯。」死鬼點頭道，「我們追查的是青道幫，他們的毒品生意以本地為中心，從東南亞擴展到古巴、哥倫比亞一帶，經他們的手流進來的金額，是以億為單位的。」

青道幫！

常常在電視上看到他們的新聞，不外乎毒品、槍械買賣與幫派鬥爭之類的，但警方始終對他們束手無策，抓到的都是些小嘍囉，而不久後就發現他們莫名其妙死在獄中。大家都明白那是組織下的手，但由於苦無證據，命案往往都不了了之。

突然和青道幫這名字牽連上讓我有些膽怯，那對我來說完全是另一個世界。

死鬼看出我的顧慮，道：「你放心，我現在只想知道殺了我的人是誰，那些追緝偵查的事於已死之人無任何意義。」

我鬆了口氣，幸好他沒打算要我順便殲滅販毒集團。

「你說的資料在哪？保險箱嗎？」

死鬼指指上方。我順著往上看，頭頂除了天花板沒任何東西。

「呃，保險箱在閣樓裡？」我試圖解讀死鬼的肢體語言。

他看著我，眼神明白寫著「爛泥扶不上牆」。

「開燈。」他命令著。

媽的，有屁不早放，不講清楚誰明白要幹嘛？我一邊抱怨邊走到房門口按下開關。燈亮起，我左看右看還是沒看出所以然。

死鬼再度不耐地指了指天花板，我正要破口大罵時，發現他指的是天花板上的燈罩。直徑約六十公分、圓形的磨砂玻璃燈罩裡透出微黃溫暖的燈光，霧面的燈罩上印著不規則方形圖樣。端詳了半晌，我才注意到上頭有個兩巴掌大的圖樣特別暗沉。

「那是啥？」我問。

「情報，拿下來。」死鬼泰然自若地說。

「……啥?!」我大叫，「這麼重要的東西你就黏在燈罩裡？你秀逗喔！」

「事實證明，放在那裡萬無一失，所以沒被警方找到列為證物。」

呃，說得也對，誰會去注意天花板啊？不過放在那種地方還是很奇怪，很容易被發現吧？我真的懷疑死鬼是不是頭殼壞去……

「那燈罩很好拆，一拉就會掉下來。」死鬼指示著。

我懶得吐槽他，搬來一張椅子站了上去。啊，不夠高。我爬下來到書櫃拿了幾本厚重的書墊在椅子上，再次努力地伸長手，卻總是差一點點……

天殺的！屋頂這麼高有屁用啊，又不是姚明要住的！這棟房子在銷售時一定打著超挑高的名號！

我深吸了口氣，一下子跳起來：「哈——！」

總算順利將燈罩抓下來了，但腳在踩上椅子的瞬間突然滑了一下，我連人帶椅一起重重摔在地上，燈罩也穩穩砸在肚子上。我摔得頭昏腦脹，在地毯上躺了好半天才起來。

真是衰小！之前摔車，現在又失足掉下來，今天跟地板真有緣。

我扶著燈罩，帶著重傷慢慢爬起來，心情感覺就像是諾曼第登陸成功突破防線的士兵，瘸著條腿也稱為光榮的負傷。

燈罩裡有個小小的牛皮紙包，用膠帶黏在內壁上。我將牛皮紙包遞給死鬼，讓他確定是否為原來的東西。

「是這沒錯。」死鬼說，還邊發出沒意義的冷笑。

他的臉真是有夠賤的！一定是在恥笑我剛剛的動作！

「那就好。我們快走吧！」

正當我要走出門外時，死鬼猝不及防道：「要是太高了你可以說一聲，我就會告訴你陽臺有梯子。」

……瞬間，士兵陣亡。

Chapter 3

意外的救星

我一邊埋怨死鬼馬後砲放得太遲，一邊走出了停車場。

我轉頭跟死鬼說：「我告訴你，我可是死都不再走路了！我千里迢迢跑來這裡已經仁至義盡了，至少讓我搭車回去吧。」

死鬼沉默了一下，道：「好吧。」

喔耶！我伸手向口袋掏了一下，沒掏到，換左邊，還是沒有。

「老子的皮夾咧？」我摸遍全身只掏出一些零錢。

「哼。」死鬼幸災樂禍道，「沒帶出來嗎？」

我仔細想想，我應該是把皮夾放在我的空軍一號置物箱裡。算了，只要有零錢就夠了。我跟死鬼說：「我們去搭捷運。」

死鬼的臉僵硬了一下。

我奇怪道：「怎麼了？」

「沒事。」死鬼迅速拋下一句便邁步走了。

「你要是討厭搭捷運可以飄回去啊。」我好心提醒。

「不行，你肯定會趁機跑掉。」死鬼強硬地說。

……嘖，本想偷溜的！

我跟著死鬼走下捷運站，這時候車站還挺多人的。感覺有些微妙，人潮洶湧，卻只有我能看到身旁的他。

在等車時，死鬼伸手按住了我肩膀。

我不好開口，只好用眼神示意他怎麼了，但這可惡的傢伙竟然裝作沒看到，理都不理我，我只能僵硬地走進車廂。

在車廂裡，死鬼一直保持同樣的姿勢，一手搭在我肩膀上。我站在門旁，面對門小聲問他：「你幹嘛？怕我跳車逃亡？」

死鬼依然不理我。

我又說：「你這樣搭著我很煩耶，又不是慈禧太后。」

他瞥了我一眼，嘴角輕蔑地勾起道：「我是慈禧，你就是小李子。」

又給我提太監！我登時火冒三丈，用力掙開了他。

剎那間，奇怪的事發生了，死鬼竟然開始往下沉，穿透了車廂地板，然後一下子就不見了，整個過程不過短短一瞬間！

我看得目瞪口呆，不知該如何是好，直到我發現旁邊的乘客用奇怪的眼光打量著我，才趕緊閉上嘴巴轉過身去。

我緊貼著車廂門，心裡七上八下。

那看起來實在太他媽詭異了！而且他消失之後也沒再出現。難道是因為我不讓他扶著所以鬧脾氣？小心眼的程度堪比我的前女友。

算了，他不在也好，等一下提早下車去混個一天再回家好了。

對著車門，看著倒映在玻璃上的影像，只覺得渾身不對勁。

我聳了一下肩膀，應該是死鬼不在的關係吧？從相遇開始他就一直黏在我身邊，一點空間也沒有，現在嘗到了自由的味道一時不太習慣。哈哈，不知道剛出獄的犯人是不是也會這樣？

我繼續看著車門。猛然間，我發現奇怪的是什麼了！

映在門上的旅客倒影都在做自己的事，講手機、跟隔壁聊天、看書、發呆等等，但有個奇怪的男人，目光灼灼地緊盯著我！

他看得我渾身不自在，我假裝轉身走到另一扇車門旁，那人視線依然緊跟著我。我受不了轉過去面對他時，他才垂下目光。不過當我轉回去面對車門，又從玻璃上看到他盯著我。

這傢伙幹嘛啊？

我不爽地想，如果這麼火辣的視線來自美女就罷了，但那是個看起很衰尾的大叔，一臉猥瑣，被他這樣盯著，我全身雞皮疙瘩都冒出來，噁心死了！

就算找尋行竊目標也應該找其他人下手，我走了一天，全身又髒又臭，看起來也不像有錢的樣子。那人的目光銳利，實在不太像變態或扒手。

等等，我從死鬼家出來就遇上他，他該不會……是幫派的人吧？

青道幫很可能怕死鬼有什麼不利於他們的證據，所以派人在附近盯梢，以防死鬼生前埋下的暗樁把證據公諸於世。

想到這裡，我下意識地抓緊了手中的包裹。

該怎麼辦？現在死鬼不在，如果那人真是我想的那樣，事情就大條了！首當其衝的就是我的小命。

列車到站，我也沒看這是哪裡，趕緊衝出車門，如果他沒一起出來那就不用擔心。

我跑上電扶梯，居高臨下往下方看……跟來了！

我快步走出閘門，車票還因為緊張無法感應。

我出了捷運站就往家裡跑，結果那男人也跟著一起出了站，在後方不過數公尺的地方跟著我！

完蛋了，他一定是來殺人滅口的！

我愈走愈快，那人也跟著加快速度。

我汗流浹背、氣喘如牛，心跳如擂鼓，以這種速度再跳下去，那人沒宰了我我都會自己暴斃！

我這時真的非常希望死鬼在身邊，雖然他可能沒什麼實質作用，但多個人……多個鬼在旁邊至少可以壯壯膽。

我跑起來，但身後的人卻如影隨形，怎麼甩也甩不開。我思考著要不要先去派出所躲一下，但要是這人跟著我進去，反咬一口說我私闖民宅，那我豈不是跳到黃河也洗不清了？

經過路上的商家，我微微側過頭看，玻璃門上映著我快跑的身影，還有那傢伙緊追不捨的模樣。媽的，大白天他也太明目張膽了吧！

「喂。」

背後聲音響起，讓我背上寒毛全竄了起來！

我想加快腳步，左腳卻絆到右腳，整個人趴了下去。我掙扎著爬起來，結果鞋子掉了，人又摔回地上。

那人迎面走來，我腿軟得都走不動了，只能連滾帶爬。

他走到我面前，又說：「喂。」

我顫抖著等他拿出槍或刀子，悲痛地決定慷慨就義，反正十八年後又是一條好漢！

那人停在我面前，緩緩開口了：「你……」

我等著他說出下文，或許是「你受死吧」，也可能是「你可別怨我，要找就找某某人去」之類的。他說了一個字之後，臉色大變。

是真的像大便！就像是便祕大不出來那種痛苦的樣子，臉孔整個扭曲起來，還發出非常雄壯威武的怪叫聲。

糟了，他該不會凶性大發了吧？我心裡這樣想，但隨即就發現事情不是如此。

那人面色痛苦，是因為有隻奇怪的龐然大物正咬在他的屁股上！

他跳得半天高，那東西也是緊緊吸在那裡，絲毫不為所動。

那人哀嚎著，一邊用手去打那東西。

終於那怪物鬆了口，那個男人還想靠近我，怪物這時發出恐怖的聲音，張開嘴又想咬他。

只見那男人摀著屁股，一秒也沒停留，落荒而逃，速度簡直可媲美奧運百米選手！屁股受了傷竟然還可以跑這麼快，真是了不起啊。

我從鬼門關走了一遭回來，還來不及喘口氣，便要面對更凶險的東西。我戰戰兢兢地仔細一看，原來……那是隻狗！

我看了這麼久才發現那是一隻狗，是情有可原的，因為那隻狗實在奇醜無比！

牠皺皺的皮膚看起來像是一隻沙皮狗，但體型未免也太大了，牠站立時的身高幾乎快到人的腰際，說牠是養到一半的大神豬還差不多！

而且牠的臉皺到一個不行，幾乎分不清牠的五官在哪……不，至少知道牠的嘴在哪，因為牠的口水正成灘地從嘴邊淌出來，脖子上的皮也鬆弛得快垂至地面。

如果牠真的是隻狗，應該也是隻千年老狗了吧！

不過，這隻狗終究還是救了我。

我站起來拍拍身上的灰塵，那隻狗就一直站在那裡盯著我，不知道是不是我太敏感，那隻狗怎麼一副想把我拆吞入腹的樣子啊！

我實在不曉得該怎麼跟一隻狗道謝，是該摸摸牠還是賞牠一根肉骨頭？不過我現在身上除了髒衣服外什麼都沒有。

我忍著恐懼走向牠，蹲下來想摸摸牠表示我的謝意。沒想到牠竟然發出低沉的怒吼，嚇得我縮回手。

牠頭一抬，臉上鬆弛的皮向後退去，露出炯炯有神的雙眼，那神態看起來……很不屑？

那狗發出聲音示警後一直沒動作，久到似乎坐地圓寂了。

我再度伸手想摸牠一下，結果牠目露凶光，喉間又有恐怖的呼嚕聲傳出。

我不敢再嘗試摸牠了，只見牠的塌鼻子用力噴出一口氣，眼睛從皺紋下斜斜看出來，彷彿在嘲笑，雖然牠無法開口，但我就是知道牠想表達什麼：閃邊去吧，小鬼！

見牠那副不可一世、狗眼看人低的模樣，不知怎麼地，瞬間心頭火起。

「欸，臭狗，你也太囂張了吧！」我罵道。

那隻狗聽了我的話之後，顫巍巍地站了起來，轉個方向對著電線杆，開始撒尿！而且邊尿還邊放屁！

活了這麼大還沒受過畜生的羞辱！我頓時暴跳如雷。

「可惡！」我抬起腳來對準牠的屁股，想要給牠一個好看。

沒想到這隻行動遲緩的狗竟會有如此敏捷的身手！

牠神速地轉過身，對著我抬在空中的腳一口咬了下去。被牠咬住的腳抽不回來，我一時重心不穩，整個人坐倒在地上。

「F〇ck！快放開我，你這隻爛狗！」

我不住踢著腳想擺脫牠，不過牠的下顎非常有力，緊咬著我不放，口水順著嘴巴一直流到我褲子上。

痛死了！完了，我會不會得狂犬病啊？

一名路人經過，視若無睹地走了過去。真是世態炎涼啊，不過換了是我也不敢靠近這種噁心的怪物。

那隻狗似乎不咬到我跪地求饒誓不罷休，牙齒深深陷入我的皮膚裡，兩隻前腳還怕我跑掉似地緊緊攀住我的小腿。完了，我命休矣！

這時，一道熟悉的聲音傳來：「你在做什麼？」

我如獲大赦地朝聲音方向看去，我發誓從沒這麼高興看到這傢伙過，死鬼正站在我身後。

我馬上朝他大叫：「快、快救我啊，這隻狗瘋了！」再不快點我就要失血過多而亡了！

但死鬼一動也沒動，眼睛死盯著我看……不，是盯著我的腳看……不，更正確的是，盯著那隻狗看。

不知何時，腿上的力道鬆開了，那隻狗站在原地，與死鬼四目相接。

他們一鬼一狗之間似乎流竄著奇怪的電光火花，我擋在中間，登時覺得自己像是阻礙牛郎織女相會的銀河。

他們眼神交會了許久，這時死鬼突然伸出手，我以為他好心地打算拉我一把，沒想到卻抓了個空。

死鬼伸著手開口：「007，你怎麼在這？」

然後，就如慢動作重播一樣，那隻狗跳起來朝死鬼衝了過去。

邊跑身上的皮邊像衣服般隨風飛揚，這時五官清晰可見，似乎帶著滿滿的喜悅，就像是見到一堆肉骨頭一樣。不停流下的口水在空中劃出一道銀色軌跡，真是閃閃發光、絢麗無比啊……還甩到我身上。

死鬼張開雙臂，臉上是見到戀人般、前所未有的溫柔表情。那隻狗飛撲到死鬼身上，然後穿了過去。

死鬼愣了一下，那隻狗又回頭撲過去，還是撲了個空。那隻狗在死鬼腳邊徘徊，看來牠也很疑惑，不斷發出可憐的哀嚎。

死鬼蹲了下去，作勢撫摸牠的頭道：「很抱歉，我沒辦法再像從前那樣陪你玩了。」

我在一旁直看得雞皮疙瘩掉滿地，彷彿活生生的《第六感生死戀》在眼前上映。過了好一會，我的語言功能才恢復正常：「你……你們認識？」

死鬼看了我一眼，似乎在說「廢話」，然後轉過去看著那隻狗道：「牠是我生前養的狗，我本來以為牠應該在我母親那裡的，想不到會在這裡出現。這段時間辛苦你了，007。」

我實在不想再看他們兩個情話綿綿，問道：「牠、牠是你養的狗？」我會這樣問是因為死鬼實在不像會養狗的人，就算要養，這隻醜狗也不像他會養的東西。

「正確來說，牠是我的伙伴，007是牠的編號。」死鬼百般愛憐地看著那隻狗。

「編號？」什麼狗屁編號？我只知道屠宰場裡的豬也會有編號。

「牠是已退休的緝毒犬，007是牠服役時的編號。」

啥?!這隻臉皺得像酸梅的狗是緝毒犬？竟然還叫007……詹姆士龐德要是知道了一定也要嚷著退休。

看著那隻狗一反剛剛的囂張態度，對著死鬼搖尾乞憐，那諂媚的德行讓人看了超級不爽！

我悻悻然道：「那種狗都能當緝毒犬，難怪現在毒品氾濫。」

死鬼不理會我的冷嘲熱諷，道：「我剛當上警察時，007已經是緝毒犬學校的教官，牠個性凶猛，是相當盡職的警犬。雖然我沒有與牠共事過——因為牠是機場海關的緝毒犬，與我的勤務劃分不同——但牠的英勇事蹟和輝煌成就在警界裡幾乎無人不知。

「牠退休後我便收養了牠……說起來已經好幾年了。」

……真是夠了。

我將注意力轉回腿上，掀開褲管一看，媽呀，深深的齒痕就印在上面，周圍一大片都瘀青了，傷口還汩汩流著血。

這隻死賤狗，真是一點也不留情，這麼老了，牙齒還這麼利！

「那隻狗是不是起肖了？見人就亂咬……牠有沒有狂犬病啊？」我不滿道。

「007在執勤時雖然很凶狠，但其餘時間一直是一條溫馴的狗，絕不會亂咬人，而且牠定期施打疫苗，身體相當健康，說不定比你還乾淨。」

死鬼又用那種輕蔑的眼神看著我：「牠唯一的缺點是愛憎分明，對於討厭的人絕對不假以辭色，但牠和大部分人都能相處得很好。我想，你應該是做了什麼不該做的事吧？」

死鬼竟然幫那隻賤狗說話！我都被咬成這樣了……這死鬼，對我就擺張臭臉，對那隻醜狗就這樣和顏悅色，這是什麼差別待遇啊！

我咬牙切齒道：「隨便啦，反正牠跟我沒關係，以後也不會有機會讓牠討厭。怎樣，是要把牠送到流浪動物之家嗎？還是帶去給你媽？如果要叫衛生署來給牠安樂死，我倒是很願意幫忙打電話。在捕狗大隊來之前，你們還有時間再演一齣十八相送咧！」

「對了，為什麼你們會湊在一起？」死鬼問道，對我的話置若罔聞。

聽他提及，我才想起正經事來，連忙向死鬼述說我剛剛的恐怖經歷，將那人意圖殺人滅口的過程，鉅細靡遺地說了出來，還加油添醋了一番，省略了賤狗擊退對方的那段。

「那真是空前大危機耶，嚇得我差點尿出來！」

死鬼鄙夷地看著我，我趕緊解釋：「拜託，那只是誇飾法，不是真的那個好不好！」

死鬼不以為然道：「他說不定只是跟你同路，會盯著你更有可能是你的褲襠開了。」

我低頭一看。靠，拉鍊什麼時候開了?!我最喜歡的寫著「酷！」的四角褲都露出來了。

我連忙拉好拉鍊道：「才不是咧，那傢伙在捷運上就對我虎視眈眈了！出來後也是亦步亦趨地跟著我，我差一點點就要被他下毒手了耶！你要是看到就知道了，那傢伙絕對有問題！」

說到這裡，我才想到死鬼在車上的舉動，連忙問他：「剛剛在捷運上是怎麼回事，你幹嘛一聲不吭溜掉？你要是沒走就能看到那傢伙了！」

聽了我的問題，死鬼的臉色變得非常難看。

他沉吟了一會兒，彷彿他現在考慮的不是單純的坐車問題，而是影響公司存亡的千萬合約。

良久，他才說：「事到如今，我也不得不說了。其實……」

死鬼說到一半就住嘴了，臉上是我從沒見過的僵硬。

嘿嘿，一定有什麼不可告人的隱情，我不禁催他：「其實三小啦！其實你會暈車？其實你有人群恐懼症？」

「我沒辦法固定在會移動的地板上，除非扶著你。」死鬼緩慢地說，似乎在思考適當的措詞。

「你說什麼？我聽不懂啦。」

「我當了鬼之後，沒辦法單獨搭乘交通工具，因為會掉出去。」

我花了幾秒鐘消化他說的話，掉出去的意思是……

「所以一開始我在騎車時，還有剛剛在捷運上，你之所以堅持要扶著我，是因為你會從車上掉出去？」

死鬼臉色不善地點了點頭。「照理說只要在你周圍就能實體化，但交通工具例外。雖然可以解除實體化，但我的速度無法與交通工具相提並論。」

「所以你才說要走路去？剛剛在車上是因為我揮開你，所以你沒辦法保持實體化？」

死鬼又點了點頭。

掉、掉出去……噗哈！真是太好笑了！難怪他不敢講，因為實在太丟臉了！

我得用力捂著嘴才能讓自己不笑出來，總算逮到死鬼的小辮子了！這一定要好好利用！

死鬼似乎看出我打的如意算盤，一臉陰沉冷冷道：「你最好不要打什麼歪主意，我可是很樂意讓你少隻胳膊缺條腿，別忘記我們的約定。」

「我當然記得。」

雖然知道這對死鬼大概不構成威脅，但還是忍不住竊笑：「該回去了吧，我今天累斃了，身體和精神的雙重折磨耶。」

我走了幾步，赫然發現一件怪事。「等等，那隻賤狗怎麼跟來了？你現在又沒辦法照顧牠。」我指著那隻趾高氣揚的老狗。

「既然我現在遇到牠，就不可能再遺棄牠了。牠要跟我們回去。」

「你有沒有搞錯啊，我家那麼小怎麼養狗？而且就算要養我也不會養這種賤狗！牠根本就瞧不起我！」

「你放心，007不需要太大空間，不過每天要散步兩次。」

「你個大頭啦，鬼才要帶牠散步！」我往旁邊一瞥，又看見賤狗輕蔑的樣子，不禁怒從中來，「我才不養咧，我家又不是專收流浪動物的！」

「這可由不得你。」死鬼威脅道，「別忘了你曾答應過我，不管我說什麼你都會照做。」

「我是這樣說過沒錯，但你也不可以硬把這隻狗塞給我啊！相信我，牠跟著別人會過得更舒服。更何況，牠跟你要找人有什麼關係？難不成叫牠去聞出來啊？」我毅然決然道。

死鬼威脅了我幾次，但始終只是口頭恫嚇。而剛剛知道他是警察後我就更不怕他了，畢竟警察的職責是保護人民嘛，他怎麼會對我這個善良無辜老百姓痛下毒手呢？雖然我尚未確定，可是死鬼應該是那種嘴硬心軟的類型……大概。我至少能保證他不會真的讓我少條腿。因此，我費盡唇舌想要讓他打消養狗的念頭。

不過死鬼不為所動：「007 是受過訓練的警犬，相信我，在緊要關頭時，牠絕對比你有用。」

他說得我啞口無言，我想起賤狗剛剛咬住那傢伙的模樣，說不定還真有點用處。至少在人身安全方面，牠應該比死鬼來得有用。

我從保鑣和飼養牠的麻煩方面思考，兩相權衡之下，勉強答應下來道：「好吧，可是我要約法三章，牠在我家只能待在陽臺，我也不會帶牠去散步，牠的大便我可不清理。」

「隨便你。」死鬼轉頭向 007 招了招手，「去買些必需品吧。」

於是，我抱著十公斤重的飼料和一堆狗罐頭，筋疲力盡地回到了家裡。

我馬上去泡了個澡，舒展痠痛不已的肌肉，從浴室出來之後，便爬上久違的床。

「你要睡覺？現在才下午。」死鬼皺眉道。

「你管我啊，我快累死了，休息一下也不行喔？」我躺在床上懶懶地道。

翻了個身，手碰到個奇怪的東西，軟軟粗粗的，還有些扎手。我睜開眼睛一看，差點沒被嚇死，賤狗趴在我的旁邊正打著呼嚕！

我從床上跳了起來大叫：「怎麼回事？牠怎麼在我床上？牠應該待在陽臺啊！」

「007 一回來就睡著了，我也叫不醒。」死鬼若無其事說道。

「怎麼可能！一定是你這傢伙怕麻煩，就默許牠睡在我床上吧！」我伸手去搖晃牠，但牠動也不動，連鼾聲都沒中斷。我撥開牠的皮對著牠的耳朵大叫：「快起來！你這隻大爛狗！不准你睡在這！」

我叫到嗓子都啞了，但賤狗仍一動不動，要不是牠還在打鼾，八成會以為牠死了。

「沒用的，007 年紀大了以後睡得很沉，叫不醒的。」

這下子我的睡意全消了，誰想跟那隻噁心的狗一起睡啊？我試著移動牠，但賤狗實在重得可以，而牠身上鬆軟的皮也讓人很難施力。

我搬得氣喘吁吁，一邊說道：「死鬼，你也過來幫我把牠抬出去啊，要不然我怎麼睡？」

「我拒絕，你捨得讓007睡在陽臺？至少也要有牠的專屬狗屋，何況現在正在下雨。」

我往外一看，竟然真下起雨了。

「你什麼時候這麼有愛心了？我還以為你是冷血動物咧！你也替我想想好不好啊？只要把你對這隻賤狗的同情心分一些給我就好。」

死鬼面無表情道：「我倒是不介意你去睡陽臺。」

嘖！他不屑的臉好像是我在跟一隻狗計較……

「把包裹拿出來。」死鬼轉移話題道。

我想了一會兒才知道他指的是什麼。我拿出牛皮紙包裹，粗魯地拆開，掉出了一個扁平的紙盒。

我將紙盒打開——裡面是一卷錄影帶。我仔細左翻右看，上面沒有任何標籤或記號，完全看不出會是什麼內容。

「你的線人寄了卷錄影帶給你？該不會他錄下了什麼非法交易的畫面吧？還是有

什麼東西會從電視爬出來？」我問死鬼，而死鬼看起來也很疑惑。

「我也不曉得，他之前從來沒拿錄影帶給我。」死鬼思忖道，「還是要看內容才能確定。」

我點點頭。手中握著錄影帶，我乍然想起，大叫：「我家又沒有放影機，這時代誰還在看錄影帶啊？」

死鬼盯著我：「想辦法借一臺來。」

「說得容易，你叫我上哪去弄？這種東西應該要放在古董店吧！」

最後，是樓下的歐巴桑好心地借給我。

我接過放影機跟她道謝時，她還語重心長地跟我說：「少年仔，大白天就看限制級不好啦，年輕人應該多運動啊。」

現在哪有限制級還用錄影帶格式啊？我忙跟她說：「阿桑，我不是要看A片啦，是、是電影啦！」

她恍然大悟，說道：「喔，那就好。」

我不知道她是不是真的了解，但也管不了那麼多，逕自抱著笨重的放影機回到家裡。接上電視後，我忐忑不安地將錄影帶塞進去，深怕會看到什麼血腥驚悚的畫面。

但我塞了老半天竟然放不進去。

我將錄影帶拉出來看，說道：「這規格好像不合耶。」

死鬼冷冷道：「不是規格不合，是你放反了。」

「你幹嘛不早講？」

我憤憤然將錄影帶重新放進去，按下「PLAY」，便和死鬼坐在電視機前的地板上，全神貫注地盯著螢幕看。

一開始畫面一片雪花。這時已近黃昏，橘紅色的光照進室內，顯得有些昏暗，如果要看貞子還真的是很適合的時機。

我正襟危坐，只見畫面跳了一下，錄影帶內容終於清晰了。看了大約五分鐘後，我狐疑地問死鬼：「這是什麼？」

「……」死鬼沒說話，大概也驚訝得說不出話來了。

「為什麼是《真善美》？」我大叫。

沒錯，錄影帶內容正是那榮獲多項奧斯卡獎的經典鉅作《真善美》。

對於這部片，我簡直可說是熟得不能再熟了，從小學開始老師就愛放這部片，初中老師也愛放，音樂課放，美術課也放，歷史課也放……這部片似乎變成義務教育的指定教材了。

「你的線人會不會寄錯帶子了?寄成了他自己的珍藏影片?」我無力問道。

「我不知道，當然這也是有可能的。不過我想，我們還是得先看完這卷帶子再說，說不定他把重要畫面錄到這支帶子裡了。」

我哀怨地回過頭繼續看《真善美》。直到結束，帶子整卷放完了，我才確定，這無庸置疑，是完整的《真善美》。死鬼不死心，倒帶再看一遍。看完三遍後，我們開始快轉、倒轉，以各種不同速率放映，只希望能找到隱藏畫面。

我全身脫力躺在床上，死鬼還盯著電視看。

「你要休息了?還沒找到任何線索……」死鬼道。

「天啊!」我拿枕頭蓋在頭上大叫，「我已經可以跟修女一起唱《小白花》了，拜託你放過我吧!」

死鬼沉思道:「真是匪夷所思，照理說我的線人不應該會出錯，但這卷錄影帶實在看不出端倪。」

「一定是他寄錯了啦!」我說著，希望可以早點說服死鬼這一點用處都沒有。

而那隻賤狗從下午睡到現在將近午夜還沒醒來，口水已經浸透了我的被單和床罩……真不曉得牠到底有啥用啊?

死鬼忽地冒出一句，似乎是有了結果:「難不成，重要的不是錄影帶的內容?」

我愣了一下，仔細思考他的意思，然後翻身一骨碌從床上跳起來，衝到剛剛撕下來的包裝堆旁。

我拿起牛皮紙袋和錄影帶盒裡裡外外看過一遍，除了地址和收件人什麼都沒有，我還將室內燈光開到最亮，對著燈光看有沒有隱藏文字。用打火機烤了一遍，也沒有任何文字浮出。

我頹喪地將那些垃圾扔到一旁，躺在地上道：「什麼都沒有嘛，你該不會沒付酬勞，所以那線人懷恨在心，故意要晃點你吧？」

「錄影帶你看過了？」

「廢話，要不然我剛剛在幹嘛？那錄影帶的內容和外殼我都不知看幾百遍了！」

「你不覺得那錄影帶在播放時相當異常？一直跳格或lag。」死鬼問道。

「那放影機是老東西啊，當然會這樣，難免會有發霉或是灰塵掉進去嘛。」

「不，我想不是設備的問題，而是錄影帶的問題。」

我將錄影帶退出，用螺絲起子將錄影帶小心地拆開，結果錄影帶盒裡竟塞著一張紙片！應該就是這張紙阻礙了錄影帶的播放。

「賓果！原來真在裡面！不過這個橋段好像在什麼考古筆記中看過……」我興奮地道。

仔細端詳手中的紙，大約五公分見方，像是隨手撕下來的，我小心翼翼地攤開來看。

「果然，他擔心情報被攔截，所以藏在錄影帶裡。關鍵就是這張紙。」死鬼看著我的手上，臉上也有幾絲不易察覺的興奮。

紙上寫著一排英文……我只認得出來那是英文字母，因為那組合實在太奇怪了。上面寫著：

fkhqjhcdlvklkvlkkdrzdqvkdqjkvhlkdqcrqjbdrihqclmldqpldqcdlluuhvlvwleohedu

「這三小天書啊？鬼才看得懂咧！」我實在摸不頭緒，這堆奇怪的文字是啥？

死鬼略微沉吟了一下，道：「給我筆。」

筆？哪來的筆啊？我就算上課也沒用過筆啊！

我翻箱倒櫃，好不容易在書包裡找到破壞公物用的麥克筆，拿了枝給死鬼道：「這可以吧？只是粗了點。」

死鬼用一種「你沒藥救了」的眼神看著我，開始在報紙上振筆疾書，邊說：「這是一種簡單的密碼，單純的替換文字，只要往前往後幾個字母去試試看，就可以解出來了。我曾和線人協議，若是敏感情報則用密碼傳達。」

「啥意思？」我還是覺得像鴨子聽雷。

死鬼在紙上塗塗寫寫道：「就是把要傳達的訊息，照著英文字母順序往前或往後推移幾個。這張紙上的是最典型的凱薩密碼，每個字母往後移三個字母取代，第一個字母 f 往前推三個就是 c，k 往前推就是 h。」

沒花多少時間，死鬼寫出跟之前截然不同的一行文字。我看死鬼寫出來的是：

chengezaishihsihhaowanshanghueihanzongyaofenzijianmianzaiirresistablebar

「搞什麼！我英文不好，你別騙我，這也是一堆亂碼啊！」我不滿說道。

「這是拼音，應該是……」死鬼拿麥可筆斷句邊說：「『chen/ge/zai/shih/sih/hao/wan/shang/huei/han/zong/yao/fen/zi/jian/mian/zai/irresistible/bar』，意思應該是『琛哥在十四號晚上會和重要分子見面，在 Irresistable 酒吧』。」

我這時才覺得死鬼還真是有兩把刷子，這種亂七八糟的東西竟然也看得懂！「我知道這家夜店！之前和我朋友們想混進去見識一下，不過假證件在門口就被識破了。」

不過死鬼臉上絲毫沒有興奮的模樣：「重要分子……」

「現在竟然來個琛哥！如果一個一個去比對《無間道》的話，相對於劉天王的那個角色就是凶手了啦。」我勝券在握地說。

死鬼白了我一眼：「琛哥是青道幫的一名堂主，這整個市區包括周圍的衛星縣市，都屬於他的管轄。我主要追查的對象就是他，這條情報來源有其可靠性。」

「那怎麼辦？要報警嗎？讓霹靂小組或是特種部隊當天在現場埋伏，一舉殲滅！」這樣應該免不了會有一場大火併吧？

「不行，莫名其妙地報警不會有人把你的話當真，還怕會打草驚蛇。而且也不能用臨檢的名義進去搜查，管區的員警已經吃了琛哥不少虧了，那間酒吧是琛哥平日出沒的地方，根本沒人敢動。

「我想親自去確認。線人既然都說是重要分子，很有可能是他當天遇害前見到的人。」死鬼思索著。

「好了，現在一切謎底都揭曉了，所以剩下的就是在那天去踢館。如果查到殺害你的凶手也在現場，然後呢？你要怎麼做？」

「我在考慮要交由法律制裁，還是我親自動手。」他陰森道。

我一聽不禁有些慌張，忙道：「你、你不是怕麻煩嗎？還是不要輕舉妄動好了，要是不小心弄死他倒楣的可就是你了耶！沒有必要為了那種人讓自己不得超生吧！我想還是將證據拿到警局就好，有了公開的證據他們想掩蓋也沒辦法。」

我停下來喘口氣繼續道：「更何況……我說了你可不能怨我喔！

「我想，就算法律沒辦法制裁他——現在世道就是這樣，壞人過得逍遙自在，而好人卻枉死——但是到了下面以後，他還是得為他的所作所為付出代價吧，他是該有報應，而這就交給底下的專業人士就好了。應該去十八層地獄的……是他！」

死鬼沉默了。

他沒說話，只是臉上的表情千變萬化、琳瑯滿目、目不暇給……才怪！他一貫地沉著臉，像是我欠了他錢似的，害我偷偷驚了一下，不確定是否剛說的話得罪他了。

「嗷嗚——」

倏地，有個奇怪的聲音從我背後傳來，在靜謐的深夜時分顯得特別詭譎。

想當然耳，在這緊張的時刻，我全神貫注地觀察死鬼的反應，對於這怪聲毫無防備，嚇得整個人蚪起來，往死鬼的方向跌去。

而死鬼也很捧場地實體化，讓我很難看地摔在他身上，避免了我在今天第N度與地板的親密接觸。

我心有餘悸地往聲音方向看去，那怪聲來自我床上，竟是那隻無恥的賤狗！牠不知道正在做啥夢，四隻腳激烈地前後划動，還邊發出興奮的聲音叫個不停。靠，牠已經睡到床中央了，完全占據最能讓我放鬆、堪稱我心靈避風港的地方。

可惡！我以怨毒的目光用力瞪著那隻狗，希望能瞪醒牠時，身後的肉墊動了一下。

我不好意思地從死鬼身上撐起來，他嘴角往上抽了一下，又露出那一百零一號表情——輕蔑的冷笑，道：「你還真膽小，007做個夢都能把你嚇成這樣。」

看到他那嘴臉，我本還想跟他道謝的，隨即沒好氣地說：「這都是誰害的啊？說這隻賤狗很有用，到現在根本看不出牠的用處嘛！除了吃就是睡！我現在晚上要睡哪都不知道！煩死了……啊，這不重要啦，你考慮得怎麼樣？還是堅持要復仇嗎？」

死鬼又陷入了沉默之中。我只希望他能理智一點，不要被怨恨沖昏頭了，十八層地獄耶，一定是慘不忍睹。

「你說的對，交給警方是最好的解決方法，只是……」他突然開口，害我又是猛然一驚，「有些技術性的問題。」

「什麼問題？你怕凶手去找第一企業的律師團撐腰嗎？」

他目光複雜地看了我一下，欲言又止。

「有屁就快放啊，這麼嘰嘰歪歪幹嘛？」我不耐煩道。

死鬼緩緩開口，臉上有些為難：「如果那天真能找到凶手，我們也必須掌握確實證據，錄影、錄音或照片。」

該做的事昭然若揭，我豪氣地拍了拍胸脯：「那麼我該怎麼做？」

死鬼似乎微嘆了聲。「我們……從長計議。」

「你這隻賤狗！不准碰罐頭！你吃了罐頭大便會臭死人耶！」

「噢嗚！」

「王八蛋！你那是什麼表情！不准瞧不起我！」

我認命地清著狗大便，戴了三層口罩還不能阻擋那種恐怖的惡臭。那隻死狗，吃得比豬還多，每次大便都像小山一樣。後來死鬼都讓牠待在陽臺，但清大便和散步的工作還是落到我頭上。

賤狗吃得多拉得也多，我準備給牠的便盆，每次牠上過一次廁所，就像二次世界大戰被德軍轟炸過的倫敦一樣滿目瘡痍。至少砲彈還能回收利用做菜刀……

我憤恨地看向死鬼，這傢伙說要養狗，但從來不清理，每次都丟給我，還一邊用威脅的眼神逼我，自己卻愜意地看報紙，人都死了還需要關心國際情勢？

更讓人受不了的是，他總愛指使我打掃，說什麼他見不得髒亂。哪個男人會擁有乾淨的房間啊，甚至我認識的女人房間都比我的還亂咧。

「快點掃，都有味道了。」死鬼見我不爽地瞪著他，將手中的報紙翻了一頁說道。

「味道個頭啦！最好是你這死鬼聞得到！這麼愛乾淨不會自己掃喔。」我嘀咕道。

「我當然聞得到。」死鬼放下報紙，「雖然我死了，但還是有嗅覺。不僅如此，變成鬼後，五感六欲七情都依然存在，而某些情感甚或比生前更強烈，例如說我心裡的怨恨……」

我剉了一下，趕緊舉起雙手投降道：「好啦好啦，我知道你心裡很恨，我又沒說不掃，只是你偶爾幫忙一下也好啊，不是我在旁邊你就能碰觸東西嗎？那你幫忙分擔一下家務也可以吧。」

死鬼撇過頭，一臉冷淡道：「我不想浪費能力在打掃上。」

可惡！我將手裡的鏟子當成死鬼的脖子，用力地扭。

「噗嚕——」賤狗放了個又臭又長的響屁。

我緊繃的神經剎那間崩斷了，我丟下鏟子大吼：「你這隻死狗，今天不教訓你我誓不為人！」

死鬼在一旁悠哉地說：「007 年紀大了腸胃不好，你別跟牠計較。」

「哪裡不好?!牠一天起碼吃兩公斤的飼料耶！」

我和賤狗分站房間兩角，雙方僵持不下。賤狗目露凶光，喉間發出低吼聲；我也摩拳擦掌，蓄勢待發。這時，堆在一旁的罐頭瞬間掉了下來，以此為戰爭開始的信號，我和賤狗同時撲上前，勢必要拚個你死我活！

「該散步了。」死鬼說。

賤狗登時來個九十度大轉彎興奮地跑向門口，害我撲了個空。剛剛一觸即發的氣氛消失無蹤。

「可惡！你別再打斷我們，我遲早有天一定會跟那隻爛狗一決勝負，看誰才是老大！」我不爽地拿出狗鍊，死命壓著興奮得亂叫亂跳的賤狗，費了九牛二虎之力才成功拴住牠的項圈。

「我是擔心你的安危，你打不過牠的。」死鬼毫不在意傷了我的自尊，如此說著。可惡！我死命拉著像起乩一樣的賤狗邊鎖門。本來是死鬼會帶賤狗去散步的，但賤狗那龐大的身軀和恐怖的臉嚇壞不少人，所以至少得用繩子拉住牠，才不至於造成人心惶惶，因此帶牠散步就變成我的工作了。

我忍受路人嘲笑和恐懼的眼神拉著這隻狗，讓牠一路上大便，再用鏟子裝在塑膠袋裡。這樣一圈下來，已經筋疲力盡了。我坐在公園隱蔽的一角休息，不過還得時時注意賤狗是不是又去翻垃圾桶，死鬼則警惕地盯著四周。

我看了看手表，不禁跟死鬼抱怨道：「很慢耶，晚了快一小時了。」

「耐心點，他們都怕會有警察偽裝成買家，所以通常不會準時出現，而是先看看情況如何。」

「靠！我哪裡像臭條子啊。」我抱怨道。

我從小就常常去派出所報到，少年組的幾個胖警察每次看到我都沒有好臉色，直抱怨我增加他們的工作量。為了他們的健康著想，我常常三天一小鬧、五天一大鬧，好讓他們可以增加運動量。

「話說，你怎麼這麼清楚那些賣違禁品的商家？既然知道為什麼不抓？」

「這是很正常的，我還知道哪裡可以偽造證件，哪裡是A貨的集中批發地。」死鬼泰然自若地說，「那些黑市生意並不是說抓就抓，適當地取締才能維持平衡，更何況在業務上也有需要他們幫助的時候，所以對於這種無關痛癢的買賣，我會睜隻眼閉隻眼。」

我不齒地說：「我就知道你們條子都在做黑的。狗屁平衡！一定是交保護費啦！」

這時，不遠處的樹叢傳來窸窸窣窣的聲音，賤狗興奮地就要衝過去，我連忙拉住牠，以防牠傷害到無辜。灌木叢中鑽出一個人來，長得賊頭賊腦，我不由暗嘆了一聲，為什麼做這種生意的人都是一副德行？

那人走過來沒多說話，將手中的盒子交給我。我數了幾張鈔票遞給他，便將盒子打開檢查裡面的東西。盒子裡是一條皮帶，黑色的塑膠仿皮材質，加上塑膠鍍金屬釦頭。

我大叫：「這啥東西，比地攤貨一條一百元的還不如，當狗繩都嫌爛！」

那人不鳥我，說道：「你檢查一下功能。」

我悻悻然地將那條醜不拉嘰的皮帶翻到背面。這是特製的偷拍用皮帶，釦頭處內藏針孔攝影機，厚厚的皮帶裡是電池記憶卡和主機，還可以連上Wi-Fi將拍到的畫面無線傳輸到電腦裡。

待我檢查功能一切正常之後，那人一聲不吭地走了。我向死鬼說：「一定是被坑了啦，這哪裡像是值幾千元的東西！」

「這種黑市商品，你以為還會注意品管？」死鬼道，在我旁邊坐了下來，「你確定要這麼做？就算退出我也不會有任何怨言，更不會認為你懦弱，畢竟這是有極度危險性的任務……」

「那有什麼困難？只不過是進去晃一晃、錄個影就出來，有什麼好怕的？難不成要叫那隻死賤狗繫那條皮帶進去繞一圈嗎？你放心啦，不會有問題的，畢竟我有祕密武器啊！要是有什麼狀況，你就拿幾瓶酒飛來飛去，包管那些傢伙嚇得屁滾尿流！」

死鬼面無表情地盯著我，警告說：「我可不能保證你的安全，雖然對方在明，我們在暗，說起來應該不會有什麼紕漏，但事情可能生變，到時若是無法掌握，我也無法確定能不能救你脫險。」

我白了他一眼道：「你很龜毛耶，有什麼好緊張的？就算被逮到，我隨便唬爛兩句就清潔溜溜了啦，我怎麼看也不像條子或是抓耙子吧？」

「這倒是，你怎麼看都是小混混，沒什麼作為。」

我聽了不滿道：「喂，我可是陽光型不良少年，別拿一般小混混跟我比。」

死鬼輕笑了一聲，聲音中充滿了嘲諷意味。

當我正想訐譙他時，他冷不防地冒出一句：「謝謝。」

「……」我當下直覺是他起肖了。

死鬼微微勾起唇角：「要我再說一次？」

聽到死鬼坦然地道謝，我反而覺得不好意思，罵道：「隨、隨你大小便啦！不要這麼娘娘腔好不好！噁心死了！你要謝就給我實質的報酬。」

「報酬？我身無長物，莫非要我以身相許？」死鬼揶揄道。

「少噁爛了！開玩笑也是有限度的！」

「總而言之，我會盡全力保護你不受到傷害。」死鬼臉色平淡，但我能察覺其中的誠懇。

「呿！」我吶吶地轉過頭去。死鬼今天真是吃錯藥了，該不會是迴光返照之類的，可能是靈力不足以維持他繼續待在人間，快回地府了吧？

正當我胡思亂想時，死鬼出聲說：「007要跑掉了。」

我猛然一轉頭，賤狗已經掙脫了項圈，飛也似地衝出去。

我趕緊跟在牠屁股後跑了過去，只見前方有隻漂亮的狗。這死狗一定又在發春，明明年紀一大把，還整天看到其他母狗就興奮得要命，害我得一直跟其他狗主人道歉，忍受他們鄙夷的眼光。

我在賤狗造成危害前先撲住牠，被牠反咬一口。我粗魯地給牠套上項圈，還靠死鬼幫我壓住才順利進行。

我賣力地跟賤狗拔河時，手機傳來簡訊音效。我將狗繩綁在路燈杆上，掏出來一看，阿屌傳來的：**明天期中考，記得來學校。**

真麻煩，去學校簡直是浪費時間，但我的出席日數不夠，又被記了好幾支大過小過，要是再沒去考試，八成會……不，是九成九會被退學。

「你應該不會在意退不退學吧？」死鬼饒富興味地說。

「我的確不在意。」我回道：「不過我老爸很在意，他說我要是被退學就要送我到國外去。」

「去國外沒什麼不好，很多人花大錢就為了到國外弄張文憑回來，只要上面寫著哈佛分校或是耶魯分校，找工作都能一帆風順。」死鬼打趣地說。

「我老子說要送我去盧安達或是新幾內亞耶！等學成歸國後，不是變野人就是被打得千瘡百孔抬回來。」

「那些地方也沒這麼糟糕。」

「才不是糟糕的問題！我要是出國我老爸就可以擺脫我了，我才不會讓那個老頭得償所願。他年紀大了，我得好好讓他有機會多動動腦筋才行，這叫……腦力激盪！」

「……」

隔天，我難得地早起到學校。開始考試之後，我便借了枝筆寫名字，然後趴在桌上睡覺，下面墊著考卷可以防止口水沾濕桌子。

迷迷糊糊中，聽到死鬼叫我，我睜開眼睛看了他一下，用口形問他做什麼。

「快起來，你搞什麼鬼？」死鬼皺著眉說。

我不耐地起床，避開考卷上有口水的地方寫道：無所謂，到考就不會被當了。

「你要睡覺留在家裡就好，既然來了為何不盡學生的義務？」

我也想在家裡睡啊，學校熱得要命！我又寫道：你很煩，反正我有寫沒寫差不多，都是零分，何必浪費力氣？

他譏笑道：「我可不記得你做了要出力氣的事，你甚至連腦袋都沒怎麼用過。」

我被他煩得受不了，只好起來假裝寫考卷。我看了看題目，根本是無字天書嘛，誰來幫我翻譯題目啊，從中文翻譯成我懂的中文。

「這麼簡單的問題你都不會？」死鬼吃驚地看著我，「你的程度還真是差到一種境界了，了不起。」

我懶得理會他的話中帶刺，只想著隨便交差了事就可以睡覺了。突然，我想起死鬼，他生前也是名校畢業的……

我在考卷上寫道：你幫我考，這些我實在沒辦法應付。

「你是要我當槍手？我不做這種事。」死鬼挑眉說道。

我寫：拜託啦，我幫你找凶手，做的也是無償生意啊。我們兩個現在的情況就叫互利共生，我幫你緝凶，你幫我考試，彼此都不吃虧。

「我拒絕。」死鬼斷然道。

我在心裡嘀咕，你也他媽的太小氣了吧！其實這種交易我覺得我還是吃虧的，被他整成這樣只要他考試真是太便宜他了。我這個人很小心眼，向來都是睚眥必報，沒想到死鬼更小氣，考個試也龜龜毛毛的，其他以後再跟他慢慢討回來。

我繼續跟他盧：這種高中題目對你來說一定是小case啦，幫我考試應該易如反掌吧？

「恭維我也沒用。」死鬼冷哼道。

我思索著，跟死鬼相處這些日子以來，我發現他是吃軟不吃硬的。我隨即垮下臉，在紙上寫道：拜託啦，就這一次！我要是考不好一定會被留校察看，到時候還要幫你四處奔波，八成沒時間來學校，你忍心看我被退學或留級嗎？

死鬼瞪著我，我也毫不妥協地瞪著他，兩方僵持不下。

終於，死鬼投降了。他說道：「好吧，看在你以後還要為我出生入死的分上，我就幫你這一次。不過，我先聲明，高中的課程我也不知道還記得多少。」

我寫道：再怎麼樣都比我自己寫好，你要是不記得就參考別人的答案。

死鬼不理我，只說：「開始了，我念你寫。」

我得逞後便開始輕鬆愉快地寫考卷。死鬼的速度很快，不久後就到最後一大題了。

「剛剛那樣，你有什麼問題嗎？有沒有你覺得有問題的地方？」死鬼問道。

「我……」我講了個字才趕緊閉上嘴，現在還在考試呢。

我在紙上寫道：什麼問題？我根本連考卷都看不懂。

死鬼嘆了口氣說道：「好吧，就知道問你也沒用。接著是最後一題了。」

我看了一下考卷，寫道：不用吧，最後一題是作文，要寫很多字耶，不好意思麻煩你。

死鬼看著我，臉上的表情我很熟悉，意思是：你真是無可救藥了。

我燦爛一笑，寫道：就這樣啦，接下來的再拜託你囉。

死鬼的表情很是無奈，不過也沒多說話。
我用這招解決了接下來所有的考試。

PHANTOM

Chapter 4

潛入偵查

AGENT

期中考最後一天便是關鍵十四號的前一天，我們預定今晚就要出發，我緊張得連考卷都寫不下去。一開始被指派任務時還覺得刺激，但到了真的要出發的時刻，我才開始覺得事態嚴重。

死鬼應該也看出了我的反常，但非常體貼地沒揭我瘡疤，只是默默幫我考試。

考完試後，幾個朋友聚集到我周圍。胖子看著我的臉大叫：「哎呦，您老面色蠟黃、印堂發黑，這副德性怎麼像是荒淫度日導致腎虧啊！」

「你才他媽性無能！你發什麼神經！」我罵道。

菜糠掩著嘴嘻嘻笑著：「因為你這幾天都放我們鴿子，人家覺得你自己偷交了女朋友啦。」

胖子掄起拳頭：「你笑屁啊娘炮！不要開口閉口就人家人家，娘死了！」

小高連忙拉著胖子阻止他對菜糠動粗，阿屌向來不攪和我們其他人的幼稚爭執，只是拿起書包遞給我。我知道阿屌一貫不多話，但總是很可靠，忍不住向他道：「你可得多注意他們幾個，至少要讓他們順利畢業。」

阿屌看著我許久，才拍了拍我的肩膀：「小心點。」

我伸出拳頭和每個人擊了一下，回家準備即將到來的硬仗。

「你還是別去了吧？」死鬼在我檢查裝備和檢視路線時說道，看得出來他還是有些顧忌。「對你來說太過危險，你沒接受過訓練也毫無經驗，我怕你會露出馬腳。」

「我先跟你講，我雖然緊張但並不影響我的決定，就像面試時大家都會緊張，但不會因為緊張就不去面試了吧？」

我沒工作經驗，但常識還是有的。我擦擦手心中的汗水，從口袋裡掏出了口香糖塞進嘴裡。

「走吧。」我含糊不清地說，死鬼看著我默默地點了點頭。

007興奮地衝上來，大概以為要去散步吧。

「喂，賤狗，我們是要去辦正事的，哪有時間陪你玩啊？」

賤狗不屑地瞄了我一眼，轉向死鬼不停搖尾巴。死鬼道：「007，你今天負責看家。」

死鬼一說完，賤狗就不再往外衝了，反而乖乖地原地就坐。可惡，還真是訓練有素，我說話當放屁，死鬼說話就當聖旨……

我怒氣沖沖地往外走，下樓時我向死鬼抱怨道：「那死賤狗為什麼不聽我的話啊？也不想想都是誰餵牠吃飯、帶牠散步、幫牠清大便！真是忘恩負義！」

死鬼想了想說道：「我想，牠可能是不適應吧。」

「不適應什麼？我家的環境還是伙食？」我酸溜溜說道。

「牠不適應的應該是你。牠現在的心態就像是主人養了其他寵物，所以會爭風吃醋，畢竟動物也都希望能獲得主人全部的關愛，因此牠會對你有敵意。」死鬼分析道。

我思考了一會兒才明白他的意思，霎時氣得七竅生煙，大罵：「可惡的賤狗，竟然把我當成你另外養的寵物！牠到底看不看得清現實啊！我哪裡像狗？」

「這並不侷限於同種生物……」

這時已是華燈初上，也該是夜店的營業時間了，我在樓下招了計程車前往。其實空軍一號已修好，嶄新得像是剛出廠一樣，也花了我好幾千大洋。然而為了不留下證據，我們還是坐計程車過去。

夜店距離我家有些路程，計程車運將十分勇猛地橫衝直撞加闖紅燈，將過程縮短至三十分鐘。我在不遠處下車，繞過建築物來到夜店後門。

「如果琛哥的行程真如線人所說，明天這裡一定會戒備森嚴，進行管制，不會輕易讓生面孔進去，所以我們的機會就是今天了。」死鬼道。

我惶惶不安地點了點頭，一邊從旁偷窺後門的動靜。

這是平常員工出入補貨的地方，這時將近深夜時分，正是夜店人最多的時候，所以後門緊緊閉上，看不到一個人影。這氣氛實在緊張得讓人受不了，我還真想直接衝上去一把拉開那扇門。

死鬼看出我的急躁，輕輕地將手放在我肩上道：「耐心點，時候還未到。」

我深深吐出一口氣，藉以平復急促的心跳。我縮回旁邊的暗巷，拿了個紙箱擋住身軀。

時間慢慢地流動，我看著東方的天空從深紫色漸漸翻出魚肚白，而店裡的喧鬧也弱了下來。我伸展一下發麻的手腳，揉揉痠疼的筋骨。這時，我聽見卡車倒車的警示聲。

我和死鬼相視一眼，來了！我迅速拿出幾片口香糖放進嘴裡猛力地嚼。

店家每天固定在這時候補貨，接著就要打烊。

我看見卡車從另一邊倒車進入後門的巷子，一直緊閉的後門也終於打開了，幾個穿著侍者衣服的男人提著垃圾走出來，丟到一旁的垃圾箱後便開始接力搬著卡車上的貨物。等最後一箱貨搬進去時，墊底的人隨手帶上了後門。

就是現在！我吐出口香糖，然後輕聲快速地跑到門口，將那坨沾滿口水的口香糖塞進門鎖的凹陷處。

這裡的後門會在門完全關上時自動上鎖，所以工作人員應該不會特地花時間檢查門是否鎖上，我們要賭的就是這個。

門緩緩地關上了，我將臉貼在門板上，側耳傾聽，沒聽到上鎖的聲響。

……這也太簡單了吧！這種高科技的門只因為口香糖就失效了，比喇叭鎖還容易對付咧。

補完貨後就是下班時間。我在門外又等待一下，然後輕輕去拉了一下門。沒拉動，比想像中要重多了。我略施點力，門板應聲而開。

我鬆了一口氣，第一階段的任務完成！我將門縫裡的口香糖挖出來，撒了些沙子除去門鎖內的殘留，以免隔天來上班的人發現。

我探進頭去，觀察裡面的情況。一片靜悄悄的，瀰漫著一股打掃過後的漂白水味道，只有掛在後門上的緊急照明燈照亮了周圍，遠處一片黑漆漆的，根本看不清楚格局。

我不太敢踏進去，問道：「這裡還真他媽的陰森，會不會有好兄弟啊？」

「你身旁就有一個。」死鬼道。

阿娘喂啊！我嚇得向後退，腳下一個踉蹌差點跌倒。死鬼抓住我的手臂說道：「別耍蠢了，我指的是我。」

我賞他一個白眼，沒好氣道：「靠！你別嚇我好不好！我的小心肝差點從嘴裡蹦出來了！還以為你說的是『其他』好兄弟，是你的話有什麼好怕的？」

「可是我第一次現身時，你還不是嚇得跪地求饒？」死鬼揶揄道。

「誰、誰跪地求饒啊？」我大叫。

死鬼作了個噤聲的手勢。我閉上嘴，確定沒人之後，我們才走了進去。走出照明燈的照射範圍之後，我拿出手機，螢幕上的亮光在黑暗中顯得冷冷清清。我跟在死鬼身後，嘴裡不停念著阿彌陀佛。

「沒想到你這麼怕鬼，竟然還能習慣我的存在。」死鬼不可思議說道。

「不要說那個字啦，會把他們招來！在你之前我根本沒見過其他阿飄，我八字重得要命，說我見鬼……法克！是阿飄啦！說出去也沒人信。之前我也從不相信有那個啊，現在知道你的存在後，還能不信嗎？」

我小聲說道，雖然應該是沒有其他人在，但這種時候讓人覺得就應該放低聲音。死鬼倒是沒這種顧忌，反正他說話只有我聽得見。

「你不覺得念些其他的比較有用嗎？只念阿彌陀佛好像沒什麼影響力。」死鬼看起來相當有經驗。

「我連『床前明月光』後面都只記得『低頭吃便當』了，你想我有可能會念《大悲咒》還《金剛經》那些嗎？」我無奈說道，「更何況，念那些有用嗎？」

「不清楚，至少對我沒效果。」

我們左彎右拐了一陣子後，來到一間房間前。

「這裡是倉庫，堆放一些桌椅雜物。」死鬼道。昨天晚上他已經來打探過情況，對這裡的地形和作息摸得一清二楚，「就躲這裡。」

我打開門溜了進去，避開各式雜物找了個平坦的角落，免不了地撞掉了一個杯子，碎裂的聲音在安靜的空間裡迴響。

我立刻捂上嘴巴蹲下來，屏氣凝神注意外面的動靜。只有機器運轉的細微聲音，看來人真的都走光了。

「啊，累死我了。」我坐在地上大叫道，「可惡的 007，這時候牠八成又在作春夢了！」

「你可以躺下來睡會兒。備品倉庫裡就算是營業時間也很少有人進出，我會看著的。」死鬼溫和道。

我聽了他的話，毫不客氣地扯了幾條乾淨的桌布還窗簾之類的墊在地上。雖然位置只夠我蜷縮著身體，但一整夜的監視讓我疲倦不已，就算站著我都能睡了。

我拍拍身旁的地板，示意死鬼坐下。

死鬼站著沒動，我知道他一定是嫌髒，忍不住罵道：「這裡髒又沾不到你身上，別這麼計較好不好啊？」

他猶豫了會兒才坐在我身旁坐下，還很龜毛地墊了桌布。我翻了翻白眼，這傢伙真是難伺候。

死鬼靠在牆邊，屈起一條腿，手肘靠在膝蓋上。因為空間有限，他身材高大，差不多有一半身體陷入旁邊的櫃子裡，看起來挺詭異的。幸好他不是人，要不然這裡可就會像沙丁魚罐頭一樣了。

「喂，你這樣卡在櫃子裡會不會不舒服？」我問。

死鬼愣了一下，隨即輕笑道：「任何東西穿過我身體我都不會有感覺，就算是坐在水泥塊裡也一樣。」

喔，還真方便。我突然想起個問題：「死鬼，照理說你應該是實體化才能坐在地上，對吧？」

他搖頭。「我知道你的疑惑。大部分的時間我的腳可以沾地而不需要實體化，當然也不會沉下去。這可能是一種概念，就算是以鬼魂的存在，很多物理上的限制也無法突破。」

真可惜，否則死鬼應該會沉下去一直沉到地心，然後從地球另一端掉出去。

死鬼看著我的臉，道：「不管你現在心裡有什麼亂七八糟的想法，都絕對不會成真的。」

我撇了撇嘴，對他的話不置可否。

周圍安靜了下來，死鬼一閉上嘴就如同不存在般，只聽得到我自己的呼吸聲。按常理來說我們一人一鬼同處在狹小空間內，坐在這裡相對無言只會覺得尷尬，當然我也可以拿手機出來繼續玩線上遊戲打發時間，不過我倒是挺適應這種安靜的愜意。

死鬼的頭低垂著，似乎在閉目養神，也說不定正回想著自己的生前，細數著未能實現的遺憾。

我瞧著他，心想要是他沒死，現在可能正坐在餐桌前優雅地享受早餐，他肯定是貝果配咖啡的西式早餐派，說不定還是在他家過夜的女朋友準備的。

而現實是他和我一起擠在狹小骯髒的空間裡，帶著冤屈而死不瞑目，所有他可能擁有的美好人生和光明前途都化為泡影。我不禁開始想像，生前的死鬼是個什麼樣的人？

我並不了解死鬼，他從一開始出現在我面前就一直沒放下防備，關於他的事我知道得少之又少，甚至他說的這些事情我都無法知道是否完全真實。

我只知道他是個好人，一個好人不應該有這種下場。

真他媽……我用力地搔了搔腦袋，只覺得心裡沉甸甸的。這應該是電視劇裡的情節才是啊！

死鬼長嘆了口氣打斷了我的思緒，我回過神便見他一臉無奈。「有什麼想問的就說，你已經欲言又止地盯著我好一會兒了。」

我想也沒想，脫口就道：「你的傷在哪裡？」

死鬼臉色平淡，完全沒有被冒犯的樣子。他伸手撫上心口：「平時我將之隱藏起來，其實就在這裡。」

他說著，緩緩將手放下，他的鐵灰色西裝左胸部分赫然出現一大塊褐色的血漬，還有個約彈珠大的顯眼破洞。「子彈由我背後射進，貫穿心臟。」

我愣愣地看著，不知道心裡是在感嘆死鬼的遭遇，還是慶幸子彈不是貫穿他的腦袋。如果讓我看到他滿臉是血還有個大窟窿，可能會驚嚇過度暈倒。

「照理說心臟受到致命傷之後人不會立即死亡，有足夠的時間能看清凶手，然而我毫無印象，也許我忘了或根本沒能來得及，否則你也不會在這了。」

死鬼如此坦然反讓我覺得自己像是幹了蠢事般侷促不安。我移開眼，訕訕道：「可、可以了。」

當我再抬頭，胸膛上怵目驚心的傷口已然消失無蹤。看我慌張的樣子，死鬼搖了搖頭：「如果害怕就別逞強，並不是所有人看到屍體都能保持鎮定。」

這的確是我有生以來看過最血淋淋的真實畫面。曾聽說健教課放的女性分娩影帶比任何一部罪案偵緝劇更可怕，但我蹺掉了。

我伸手扯了幾張桌巾疊了個枕頭，此時極度需要躺下平撫心情。躺下後忍不住虛踢了死鬼一腳，罵道：「你明知道不是每個人都能接受，幹嘛還給我看！你直接拒絕我也沒關係啊，難道我受到的傷害會比看到血腥畫面還嚴重？」

死鬼搖了搖頭，臉上似笑非笑：「你真是不可理喻。」

「你就是喜歡看我出醜吧！」

我躺了半晌，屈著雙腿著實不太好睡，更何況我也沒半點睡意，所以決定大發慈悲陪死鬼聊聊天。

我開口問道：「喂，死鬼，如果順利抓到凶手的話，你是不是就沒有其他遺憾了？然後順利地回地府報到，再去投胎？」

這時我才確定他真的在閉目養神，他眼皮抬也沒抬一下道：「保持安靜對你來說一定很困難。」

我點頭：「我老爹和小學老師也這麼說過。」

死鬼長嘆，這是他今天第N次嘆氣了。「我不清楚，當初閻王沒跟我說詳細流程。等時候到了，應該會有鬼差來引我回地府。」

我轉了個身趴在桌布上，用手肘撐起身體。「聽說死後大家都要為自己生前所犯下的過錯付出代價，例如說謊要拔舌頭、偷竊要砍手腳之類的……真的假的？」

如果一罪一罰，那我死後豈不是會被砍成肉渣了？雖然沒做過什麼十惡不赦的壞事，但我也知道勿以惡小而為之，如果這樣一條一條都算進去，我大概也算是惡貫滿盈了。

虧心事我做過很多，只是當初做的時候不覺得有什麼問題，現在一想到地獄的情景，我就覺得悔不當初了。

「世間無完人，沒人能保證一輩子沒犯過錯。最主要的，應該是你是否懷著惡意。若你存心傷人，我可以確定那是一定會下十八層地獄的。」

「那我可沒有，我敢保證！」我可以發誓，在牆上亂塗鴉、找人打架、破壞公物、順手牽羊、聚眾賭博……都只是想找麻煩而已，絕對沒有心存惡意要害人。

遇見死鬼以來，雖然看不太出來，但我的周遭的確發生了天翻地覆的大轉變。過去我所相信的事都被顛覆了，原來真有死後世界的存在。直到現在，我才能好好靜下心思考，過去幾天發生在我身上的事，實在太不可思議了。

死鬼像看出我的想法似地道：「你應該往好的方向想，你在還年輕時就有了這種體認，往後有很多機會彌補。」

我沉默思考著他的話，忽地發現氣氛好像比剛才更沉重了。

「煩死了，不要說這個了，弄得好像是在上輔導課一樣。你還真是會岔題耶，連緝凶都可以變成批鬥大會。」我抱怨道。

死鬼只是笑了一下，沒說什麼。可是這樣讓我看了更不爽，好像是我在無理取鬧一樣。

「可惡，我決定回家後要背《金剛經》，壓制你這個瞧不起人的傢伙。」

「我也說過，那對我無效。」死鬼不痛不癢地說道。

這倒是很奇怪。我問道：「一般鬼都會怕那些東西吧？而你竟然不怕，還能在白天出現，你好像不太正常耶。」

死鬼托著臉道：「你說的可能沒錯。因為我只在晚上看得到其他……同胞，能在大太陽下走動的應該只有我。」

「你看得到其他阿飄?!」我驚恐地問道。

「當然。」死鬼理所當然地說道。

「你幹嘛不跟我講？你可以跟他們互動嗎？例如打打屁說哪裡的貢品比較好吃，或是哪裡的墓仔埔睡起來比較舒服之類的？」

「因為你看不到，跟你講只是徒增恐懼而已。而且我跟他們之間也沒交流，可能是屬性不同，那些孤魂野鬼通常都是漫無目的地四處遊蕩。」

「怎樣屬性不同？還不都是鬼……又說了那個字！」

「因為我回到人間有得到閻王的特許。我不怕佛經或是陽光，或許是因為持有閻王給的黑令旗。」

黑令旗？這下勾起我的興趣了，我興致勃勃問道：「黑令旗長啥樣子？給我看看。」

死鬼站起身，伸手進口袋裡，摸掏了半天才道：「不知道丟哪了。」

靠！這麼重要的東西你也能弄不見！我想起死鬼之前也將線人寄的重要包裹黏在燈罩裡，這下我更可以確定，他生前就秀逗了！

「有個地方我倒是不能進去，就是警署。那裡陽氣太重，對於鬼來說是禁地。」

「警察局有什麼好去的？一堆死條子……啊，不是啦，話說你去警局幹嘛？懷舊？還是有喜歡的女警？」

「說不定我只想回去報復生前阻撓我辦案的上司？」死鬼看見我驚愕的樣子，促狹一笑：「我想看看案子有什麼進展，但連門口也進不去。」

「喔，這倒也是啦。對了，你去找過家人嗎？」我問。

死鬼搖搖頭道：「死後我在人間停留了七天，重回人間之後便沒再回去過。」

「你還真是冷淡耶。」我嘀咕道：「那時在你家看到的那些照片，是你母親和妹妹吧？」

死鬼面無表情道：「怎麼，現在是我的身家調查？」

「對啦，講了你也不會少塊肉，別這麼小氣。」我罵道。

「我的父親很早就去世了，而我母親是個普通的家庭主婦，以前開小吃店拉拔我們兄妹倆長大，現在已經退休。妹妹在外商公司上班，結婚兩年還沒有孩子。這樣夠清楚了？」

「唉，結婚了啊。真遺憾。」死鬼的妹妹是個大美人呢，本來想藉機會認識的說……

「你遺憾什麼？就算沒結婚也輪不到你，小毛頭。」

「要你管啊，幻想幻想也不行喔？你在高中時應該也喜歡年紀比你大的姐姐吧？成熟的女大學生或是同校學姐？」

「我記不太清楚了，不過我想你應該少看些A片，那些情節基本上和現實不符。」死鬼眉間微蹙道，「我家說完了，換你？」

「什麼換我，你以為在相親喔？還兩邊輪流互報家世背景……沒什麼好講的啦，我媽幾年前死了，家裡就老爸一個，興趣是買古董和離婚，還自詡為玄學大師有天眼啥的。不過他常常買到假貨還沾沾自喜，暴發戶一個。」我唾棄地說道。

「職業？」死鬼問。

「他啊，開了間公司。表面上稱作資產管理公司，不過就是討債公司咩。」

「你怎麼會一個人住在外頭？按理說高中生還不到獨立的年齡。」死鬼問道。

我沉默了一下，不知該如何開口。

「你不想說也沒關係。」死鬼說道。

「不是啦！只是……」我思索著該如何表達，「我媽在我念小學時死了，而她的死又跟我老爸的疏忽有關，從那之後我就跟他處得很不好，後來就覺得在家待不下去了。」

「繼母？」死鬼挑眉問道。我很慶幸他並沒問詳情。

「沒那麼戲劇化啦！我又不是灰姑娘！只是因為那是老媽待過的家，所以……」我囁嚅道。

「你會睹物思人？」死鬼接著說，聲音輕柔。

「大概吧。」

「這樣啊……那接下來，我們交換生辰八字吧。」死鬼道。

「交換生辰八字幹嘛？」我疑惑道。

死鬼一本正經道：「我們對彼此都有一定的了解，交換完就可以直接拜堂了。」

「拜……拜你個鬼啦！」

沒想到死鬼竟然也會開玩笑，還以為他這張賤嘴只會挖苦人咧。

接下來，我們聊了很久。我跟他聊A片和朋友，他跟我談避險和警察勤務。聊到後來，我抵抗不住瞌睡蟲的侵襲，便沉沉睡去了……

「起床了。」

我在矇矇矓矓間聽到說話聲，還有一隻手輕輕地搖晃我。我睜開眼睛，看見是死鬼，不耐煩地轉了個身背對他：「吵死了。」

……我猛然跳了起來，想起現在可不是在家裡！死鬼摀住我的嘴，示意我別出聲。我聽到外頭已經是人聲鼎沸了，看來睡了很久，難怪現在渾身發疼。

門外有幾個腳步聲，聽起來像是正在門前徘徊。幾個人在討論要不要進來倉庫拿開罐器。

「我記得倉庫裡還有啊。」一個人道。

「早在之前就拿出來了，應該是放在廚房，怎麼會不見？」另一個聲音道。

我下意識地又蹲低了一些，要是讓他們進來就糟了。

死鬼在我耳朵旁輕聲道：「我去拉住門，你跟我一起來。」

我躡手躡腳避開堆積如山的雜物，來到門旁。死鬼伸手抵住門板道：「你躲那櫃子後。」

我點點頭，走到櫃子後方，探頭出來確定死鬼是否還能保持實體化，因為我離他太遠的話，他就不能保持實體。

門板震動了幾下，應該是外面的人嘗試著要拉動。「咦，好像鎖起來了耶。」

「白痴，倉庫又沒鎖。應該是卡住了，我來試試。」又是一陣晃動。

「我想應該是裡面的東西倒下來了吧？我早說過要你們找時間整理整理倉庫的。我去找其他人幫忙。」一個腳步聲遠離。

「嘁，不會自己來整理喔，就只會說風涼話，王八。」一人嘀嘀咕咕。

「誒，不用拿了，找到開罐器了。」一陣腳步匆忙地跑來又離開，把門口的其他人一起帶走了。

死鬼將頭穿過門板確認情況，才道：「可以出來了。」

我從櫃子後走出，艱難地扭扭脖子。「現在幾點啊，我好像睡了超久……啊，落枕了。」

「現在大概是晚上十點多。你睡得很熟，中間完全沒醒來。」死鬼用一種不知道是佩服還是好笑的表情看著我。

算了算約十六小時，沒打破我睡過的最久紀錄。「不睡白不睡……反正你不是說你會把風？」我邊說邊揉著脖子，痛死了，果然是落枕。

「你在這先待一下，我去外面看看動靜。」死鬼道。

我連忙阻止他，說：「我跟你一起出去，在這再待下去我都要發霉了，反正早出去晚出去還不都一樣，要是等目標來了我才突然出現，那不是更奇怪？」

「你還真是沒有危機意識。」

我拆下了皮帶，確定能正常運作。

「你檢查過好幾遍了。」死鬼指出。

「你找的那個人，他賣的東西真的沒問題嗎？就怕我們千辛萬苦找到凶手，結果這東西卻不靈光，那我們豈不是吃大虧了？要等下一次機會不曉得又是什麼時候。」

死鬼冷笑了一聲：「我不會等到那時候的。要是拿不到證據，我就親自去制裁他。」

「喂喂喂，你不要說這麼不吉利的話好不好？就算這次沒抓到他們的把柄，也總是會有下一次機會啊。我可先跟你說清楚，就算這次不成功，你也不要輕舉妄動喔。」

死鬼應了一聲，不知道是「好」還是「不好」。這傢伙也太危險了……

我在心裡暗自下決定，要是死鬼想有什麼動作，也需要我在他旁邊才能實體化，要不然他也沒辦法做什麼。

他要是想不開，想跟那傢伙同歸於盡的話，我就先跑再說！至少要讓他離開到安全範圍。

死鬼探出頭去，確定沒人之後，我悄悄拉開門晃出去。走出員工通道，就是一般酒客喝酒的地方了。第一次來到這種場合，我心裡興奮得要命，簡直都要忘了本來的目的。

不過看了一下後讓有些失望，所有人都看起來很普通地泡夜店，普通地在舞池中搖擺，就連ＤＪ放的電音舞曲都普通地難聽。

哪來的黑社會巨頭要來這的樣子啊！本來想說這種惡名昭彰的場所，就算沒有看到黑幫大談判也該看到凶神惡煞的保鑣，褲袋裡還插著槍之類的。

我找了個偏僻的角落坐下，偷偷問死鬼道：「你確定是這間嗎？怎麼一點那種……幫派的感覺都沒有啊？」

「什麼是幫派的樣子？你以為會像古惑仔一樣刺青又戴金項鍊？」

我無奈地轉回去，要幻想一下才能有效消除我的緊張，這種像是臥底的刺激工作一般人可能一輩子都沒有機會呢。

「我想今天的確有大人物要來。」死鬼從外面回來時說道，「門口的管制非常嚴格，要在受邀名單上才進得來。」

太好了，看來情報正確！

「你在這等，我去包廂看看。」

死鬼說完，便穿過層層人牆走了。店裡的挑高空間直抵二樓，二樓一圈是VIP包廂，看似非常開放，從包廂裡可以對一樓的舞池一覽無遺，但隱密性很高，站在一樓很難看清包廂裡的狀況，甚至上樓的樓梯都拉起紅龍柱管制。

我點了一杯飲料，左顧右盼周遭的情況，特別是門口，等一下應該會從那裡進來吧，身旁八成會跟著一堆保鑣。

我坐了半天，死鬼也不見鬼影，實在等得不耐煩了，我便抓住一個上飲料的侍者問道：「琛哥來了嗎？」

那侍者上下打量我，一臉輕蔑問道：「你成年了嗎？你找他做什麼？」

我不耐回道：「干你屁事，又不是找你！」

侍者將托盤上的杯子放在我面前道：「琛哥是你想見就見的？若你想入幫，混進這裡也沒用，勸你直接找賣你藥的藥頭還比較快。」

老子哪裡看起來像是拉K的！我心中不爽，故意慢條斯理地從口袋掏出枚銅板用力放在桌上，揚聲道：「你就只值這麼點小費，快滾，別讓老子再看到你。」

那侍者面色鐵青，頭也不回走了。

媽的，這鬼地方連服務生的眼睛都長到頭頂上！看來沒這麼容易問到琛哥的事，還是不要多問好了，免得打草驚蛇。

不久後，死鬼回來了，面色沉重。

「琛哥已經到達，在樓上的包廂，我沒見到其他可疑的人。現在問題是我們如何進去包廂，門口都有人守著，你要是想闖進去，大概還沒走近身上就會多幾個洞了。」他煩惱道。

「那怎麼辦？還是我們溜到對面的包廂區偷拍？另一邊的包廂沒管制的樣子。」

「我們的設備不夠精良，這種距離下無法收音，分辨率也太低。」死鬼沉吟道。

「那要拍到他們豈不是難上加難？我看去偷拍威廉王子和凱特王妃的下一個寶寶長啥樣子可能還容易一些！」

「我剛剛在那一帶穿梭時，發現包廂間的空調及排風管道是彼此相連的，這一點可以利用。」

「你是指爬到那裡面嗎？」我不安問道。

「當然。」

「我才不要！」

我大叫，一時沒注意提高了音量，引起隔壁桌客人的側目。我壓低音量道：「那是CIA特務專用的橋段耶，那裡面一定有老鼠！」

死鬼冷冷道：「如果沒辦法大搖大擺從正門進去，就只有這個選擇，至少目前看來是最安全的做法。」

我苦著臉說：「真的要爬？那還不如讓我綁著炸彈直接衝進去好了。」

「如果可以讓你停止抱怨的話我很樂意幫你。」

我一口氣喝完面前低酒精濃度的綠色調酒，跟著死鬼偷偷摸摸地走向目標所在對面的包廂區。

走上二樓，我就瞧見各個包廂裡幾乎都坐滿了人，根本無從下手，便氣勢洶洶地質問道：「你要我從哪裡爬進去？踩著那些人的肩膀嗎？」

「看你頭上。」

死鬼一說，我才察覺頭髮輕輕地顫動。往上看，果然有一個黑黝黝的洞，一片四方形鐵網格擋住洞口。

他領著我走到二樓洗手間，天花板有同樣的裝置。

「有沒有搞錯，什麼年代了還用這種空調系統，好一點的ＫＴＶ都用獨立系統的空調了。要是發生火災，火勢一下子就會蔓延開來耶！」我咕噥著。

「這是排風口，偵測到煙霧就會立刻啟動，排光廢氣。」死鬼冷靜地道。

我扁了扁嘴：「隨便啦。這種在頭頂的垂直通道，你要我怎麼爬？我又不是蜘蛛人！」

死鬼不理會我，彎下腰將兩隻手掌疊起道：「我會幫你，來吧。」

我抱著壯士斷腕的悲痛，一隻腳踩上他交疊的雙掌，使勁站了起來。

我一隻手撐著天花板，另一隻手去拆網格，灰塵不住地掉落。我用力扳了幾下，網格便應聲掉落。

可惡，也不做牢固一點，起碼多用幾個螺絲釘拴起來嘛！我一邊嘀咕一邊將頭伸進洞口。

媽的，窄得要命！我艱難地將手往裡攀住，死鬼用力地托起我，我抓住了橫向的通道部分，雙手用力一撐，整個人進入了管道內。

奮力地爬上平坦的部分之後，我趴在通道裡喘氣，沒想到做起來比想像中要累多了。

這管道極小，肩膀幾乎抵著兩邊牆壁又無法以膝蓋著地，我只能趴在裡面勉強匍竄前進。這裡頭一定他媽的幾百年沒清理過了，一股老鼠味直竄進鼻孔裡，還有股潮濕的霉味和金屬味混雜其中。

我忍不住抱怨道：「今天叫我爬通風管，不會下次就要叫我鑽下水道了吧？我可跟你說，那我絕對不幹！」

「放心，我也不想進去。」死鬼厭惡道。

他的聲音在通風管中迴響，卻沒看到他的鬼影子。我問道：「你在哪裡啊？」

「在這。」

我循著聲音看過去，在右上方的管壁上浮現出死鬼的臉。我下意識地往左邊閃，腦袋狠狠撞上管壁，發出很大的聲音。「你要嚇死人喔！在那邊裝神弄鬼幹嘛？」我大罵道。

「小聲一點。我只是在移動而已。」死鬼睥睨著我道。

「你怎麼走？飄在半空中嗎？」我奇怪問道。

「當然。」死鬼露出頭和肩膀說。

「喂，你這樣太不夠義氣了吧，我都這樣爬了，你也應該跟我一樣啊。」我不滿說道。

「我拒絕，很難看。」死鬼甩過頭道。

「拜託，也只有我看得到啊！老子都不嫌難看了你還怕什麼？」

「少廢話，快走！」死鬼喝道。

可惡，我咬牙切齒繼續往前爬。這裡的管道錯綜複雜，死鬼一路指示我方向，爬過一間間包廂。

這家夜店占地廣大，要從最遠的一端爬過去著實是種酷刑，但爬沒多久我就發現了苦中作樂的方法。經過一間包廂的上方，我看到一群人飲酒作樂，席間坐著好幾個穿著暴露的女人。其中一個男人一手摟抱著幾乎脫得精光，只剩性感內衣的女人，另一隻手划著酒拳。

我登時眼睛發亮，問道：「這間酒吧有做那種的喔？」

在我提問的當時，那女人又輸了，接下來就要脫最關鍵的那件了吧！

死鬼黑著臉示意我繼續往前，我還來不及看到那決定性的一刻便被逼著走了。

嘖！就差幾秒而已耶！我怨恨地瞪著死鬼，但他毫無表情。

爬過蜿蜒無盡的通風管道，不曉得已經過了幾間包廂，我不由得發牢騷道：「到底還要爬多久啊？你幹嘛不選近一點的包廂鑽啊？人類演化成用兩條腿站立是有原因的耶！」

「安靜一點，就在前面了。」

我乖乖閉上嘴並放輕了動作，深怕弄出聲音會被下面的人察覺動靜。前面有條垂直向下的通道，我連呼吸也放輕，緩慢地爬近。

我向下看，這間包廂的氣氛異常詭異，就連一樓舞池的喧鬧和震耳欲聾的音樂似乎都被隔絕在外，只聽到輕微說話聲。

底下燈光不強，影影綽綽好像有很多人。我向前爬了點想看清楚，上半身懸空，一隻手撐在洞口另一邊。

「皮帶解下來給我，我下去拍。」死鬼道。

我伸手去拆皮帶，但這地方小，我又只能騰出一隻手去解，弄了好半天還拆不下來。

「你還真是笨拙。」死鬼嚴肅地說。

「吵死了，是這裡太窄了。」我邊說邊解。「對了，我先跟你說，待會要是不小心知道凶手就在現場，你千萬別一時衝動就下去掐死他，到時候我就不得不跳下去阻止你。你可別害我啊，我要是從這地方下去一定會被當成殺手，然後一槍解決。」

「你放心，我不會為了那種人下地獄，也不會危害到你的安全。」死鬼低聲說道。

聽到他的親口保證我也安心多了。這時，扶在另一側的手有些搔癢的感覺，我停下動作一看，赫然發現有隻大老鼠正在嗅聞我的手！

我一時驚慌，趕緊將手伸回來，卻忘記了我靠那隻手撐著我的上半身。失去了支撐的身體頓時往下跌，死鬼想拉住我卻抓了個空，我以雷霆萬鈞之勢掉了下去。

我的身體撞開了通風口的鐵網格，剎那間我還心想，為什麼不用螺絲釘拴住啊！接著便重重落在地上，跌得我眼冒金星，全身像是被狂奔的野牛群踩過去似地痛到不行！

等我回過神來，幾個黑洞洞的槍口正對著我。

糟糕！要死了！這是我心裡唯一的想法。

我還坐在地上，不過目前的情況也不能站起來，好幾人站在周圍舉槍對著我。包廂裡三面都放著沙發，我非常幸運地落在地面上，旁邊的透明玻璃圍欄可以看到一樓舞池中依然瘋狂扭動身體的客人，絲毫沒察覺這裡快發生命案了。

天啊，只要一槍我就嗝屁了，不用勞煩你們這麼多人對付我。我舉起雙手投降，手顫抖個不停。真慶幸因為躲在這裡半天幾乎滴水未進，否則現在我八成嚇得尿褲子了。

死鬼從上面跳了下來，在我耳邊道：「先不要輕舉妄動，他們問什麼你就應是，我會想辦法救你。」

山。

我微微點了點頭，他的出現讓我安心多了，膽子也大起來，反正我有個隱形的靠

這時，幾個人上來搜我的身，東摸西摸沒摸到啥東西。我冷汗直流，祈禱著他們別發現皮帶裡的玄機。幸好沒人注意到，我暗自鬆了口氣，為了保險，我身上沒帶任何身分證明文件。

確定我身上沒有危險物品後，拿槍的人中有一人出聲了：「你在上面幹嘛？說！」

我囁嚅著說：「我、我想見琛哥，但看外面那陣仗我絕對進不來，只好從通風口爬過來，結果不小心就摔下來了。」

「你這小鬼要找琛哥做什麼？」那人將槍抵在我的腦袋上。

拜託啊，大哥，你千萬別不小心就扣下扳機了啊！

「我想投靠琛哥，請琛哥收我當手下。」我結結巴巴地說，這不是我演技好，而是我已經害怕得連嘴唇都在發顫了。

我邊說邊暗暗打量著，這包廂該不會是專門用來嚴刑拷問或是執行私刑的地方吧？我瑟縮看了一眼地板，光可鑑人、黑黝黝的石質地磚看不出來是否吸了很多血……

旁邊一人開口：「你要琛哥收你，你這小鬼能幹什麼事？幫琛哥暖床？」他說完，

旁邊的人一起哄堂大笑。

……暖你老婆的床還綽綽有餘咧！我心裡暗暗罵道。

一個低沉的聲音講了些什麼，周圍頓時安靜下來，站在我前面的人都退開了，其他人把槍收起，只剩剛剛問話的那一個還指著我。

我這時才看清楚沙發上還坐著幾個人。

中間那人一看就知道是頭頭，想必就是琛哥。他長得比《無間道》的琛哥要稱頭多了，四十歲上下，雖然坐著也看得出身材高大。

一襲黑社會標準裝備的黑西裝，穿在他身上煞是有威嚴，一臉冷峻，周身環繞著股陰暗的氣息，讓我不禁懷疑這包廂內的低溫是不是從他身上散發出來的。

我瞄了死鬼一眼，死鬼在我耳邊低聲道：「這些人都是青道幫的，沒看到可疑的人。」

這時琛哥開口了，聲音低沉不帶任何感情：「你想加入青道幫？」

聽到他的聲音，讓我覺得室溫又低了幾度。我打顫道：「是、是的。」

「為什麼？」

為了揪出你們的小辮子！我胡說八道：「我……快要畢業了，想說趕緊找畢業後的出路，覺得做這一行最有前途，因此想要拜託琛哥無論如何都要收我。」

「我們這不是說要入就能入的，也得看看你有什麼用處。」琛哥道。

「我、我什麼事都能做！偷搶拐騙，還是姦淫燒殺擄掠，只要琛哥一句話，我萬死不辭！而且我還有一堆小弟都想跟我一起來投靠琛哥！」我說完還真佩服自己，這種話都掰得出來。

「喔？」琛哥若有所思道：「你今天帶著同伴一起來？」

「沒、沒有，今天只有我一個人來先拜訪。」

琛哥沉默了一下，轉過頭去和旁邊的人交頭接耳。

我見他的表情，看不出絲毫的變化，心裡直忐忑，按捺著恐懼，冷汗一滴滴流下來。

我瞥了瞥死鬼，他在人群中走動，似乎在確定他們的裝備和位置，他現在應該在計算著，如果有突發狀況，如何才能逃出這裡。

琛哥講完話後，向一旁站著的手下吩咐了幾句，然後轉過頭來對著我說：「你要加入可以，不過有個先決條件。」

我挺起胸膛大聲道：「您儘管吩咐，不管什麼事我一定做得到！」

「你……」琛哥慢條斯理地喝著酒道：「吸過毒嗎？」

我聽到他的話一時還反應不過來。這是什麼意思？

「當、當然有，我幾天就要用一次，家裡還有一堆庫存呢！」我講出了才後悔，什麼庫存啊，又不是泡麵！

「那好。」琛哥讓旁邊手下丟了一包東西在我面前，「你現在打吧。」

我顫抖著看著地上的東西，是一包白粉、針筒、酒精燈之類的。

我雖然是個小混混，但還沒墮落到要吸毒，有點腦子的人都知道，這東西只要一碰就萬劫不復了，但今天這種狀況，我要是不照做就會被發現我在晃點他們，明天我可能就會變成海上另一具不知名浮屍。

我緊閉雙眼，兩相權衡之下，當然是保命要緊。

又不是玩不起，老子就跟你玩！我架起酒精燈，將白粉倒進錫箔紙做的小碟子裡。燒了一下後，錫箔紙裡的白粉盡數融化了，我將棉花球放入過濾。拆開針筒包裝，將針頭在火上烤了一下，探進棉球將裡面的液體一滴不剩地抽乾。

我自認這一連串動作做得很熟練。我雖沒經驗但也看過不少，也看過《絕命毒師》，應該沒有破綻。我捲起袖子，將橡皮繩緊緊綁住上臂，拍打幾下手臂讓血管浮出來。

「你的手臂上很乾淨嘛。」那人說道。

他們應該起疑了，一般吸毒者手上不可能沒針孔。我笑了一下說：「我平常都是從大腿打，因為在上學不能打在手上，會被教官抓，但現在人多，我實在不好意思脫褲子……」

我見他們沒反應，就繼續動作。我拿了棉球沾了些酒精，在手臂上隨便擦擦，敲了敲針筒，推出裡面的空氣。

我趁著低頭擺弄這些東西時，和死鬼使了個眼色。死鬼低聲道：「準備好，直接從圍欄那跳到一樓，我會接著你。」

我抬起頭，將手臂舉高，讓其他人的注意力放在我的手上。在針頭即將接觸到皮膚的那一刻，死鬼踢掉了指著我的那支槍，趁著其他人都還丈二金剛摸不著頭腦時，抓起我的手臂就往外衝。

我才站了起來，邁步要向外跑時，眼前一道黃光閃過，死鬼原本抓著我的手瞬間鬆開。跑出去的作用力讓我沒辦法收回身體，跑了幾步才硬生生收回步伐。

只見死鬼趴在地上瘋狂掙扎，他的手腕上各有一道黃色符紙，將他的手貼在地上，而那上面畫了紅色的朱砂。兩張薄薄的黃紙竟然就讓死鬼動彈不得，而無論他如何掙扎，那兩張符就是紋絲不動。

「死鬼！」

我跪下來想揭開那兩張紙，可是為時已晚，我感覺到腦門上硬邦邦的觸感。

「原來他就是你想要一起加入我幫的同伴。」背後冷冷的聲音響起。

我僵硬地轉過頭，說話的正是琛哥，而他正看著死鬼。

完蛋了，沒想到這次真的遇上高人。早知道當初死鬼纏著我的時候就來找琛哥了，一勞永逸……好不容易遇上可以看到死鬼的人，竟然會是敵人！

我才想起這幾天曾上網查過琛哥的發跡史，提到最多的不是他的心狠手辣和運籌帷幄，而是籠罩在他周圍的神祕事蹟。有人說琛哥擅長符咒密法，他靠著陰損的法術害了不少人，才讓自己爬到青道幫中一人之下萬人之上的位置。當時我只把這些傳聞當笑話看，完全沒放在心上，結果……

琛哥伸手托住我的下巴，硬是讓我抬起頭，冷峻地道：「想不到你一個小毛頭竟然能控制那隻鬼，你是什麼來頭？」

「琛、琛哥，你在說什麼啊？我是一個人來的啊。」我戰戰兢兢地說著。

我決定還是得要撇清關係，如果讓琛哥知道我們是一夥的，肯定兩個都會有麻煩。現在只能推託，讓琛哥認為死鬼只是不知從哪來的孤魂野鬼，說不定就會放了他。

「你不認識那隻鬼？」琛哥厲聲道。

「什麼鬼啊？我什麼都沒看到啊。」我現在只能這樣說了。

「原來如此。」琛哥伸手擋開指著我腦袋的槍，走到了死鬼身旁，一腳用力地踩在他背上。

「這個……你看不到？」

死鬼發出壓抑的悶哼，好像非常痛苦的樣子。死鬼，你為什麼不解除實體化，這樣就沒人能碰到你了！我移開眼睛不忍再看，顫抖著道：「我……我什麼都沒看見。」

「那好。」琛哥非常乾脆地移開腳，走回沙發坐下來。「接下來，完成你剛剛未完成的事。」

一個人拿來剛剛被我丟在地上的針筒。我伸出手來接，手卻一點力氣也沒有，針筒又一次掉在地上。

「你沒辦法嗎？我叫人來幫你。」琛哥的語氣中充滿了惡意。

幾個人上來壓住我的手腳，一人拾起地上的針筒向我走來。

死鬼看到這情景，怒吼道：「放開他！」

他的臉孔被怒氣扭曲，面目猙獰，眼睛瞪得目眥欲裂，青筋都浮起來了。而禁錮著他的手的兩張符紙出現了細微的撕裂。

我開始假裝掙扎，兩條腿不斷踢動，希望能蹭破那些符紙。猛地，手臂上一痛，我才發現針頭已經扎進我的肌肉裡了，隨著針筒的推進，管子裡的液體也慢慢注進我的血管。我說不出心裡有什麼感覺，只有一種慢慢向下淪陷直至萬丈深淵的墮落感……

沾了血的針頭抽了出來，壓制我的幾個人都退開了。我慢慢從地上坐起，隨手撿了一塊藥棉壓住不斷流血的針孔。

我硬是在臉上扯開了笑容：「琛哥，我已經打了，按照約定你就要收我了……」

接下來說了什麼我也不知道，意識已經飛到九霄雲外。最後映入眼簾的，是趴在地上的死鬼臉上悲痛欲絕的表情……

Chapter 5

尋找死鬼

等我再一次睜開眼睛，我看到白色的天花板，聞到消毒水的味道。還有些懵懵懂懂，身體很重，四肢僵硬，只有眼睛能正常動作。

我抬眼看到旁邊有個點滴袋，順著看下來才發現那細軟管接到我的手背上。我在……醫院？為什麼我要打點滴？

我勉強抬起頭，這間病房只有我一人，我左看右看也找不到死鬼。劇烈的頭痛讓我再度躺下，在腦中努力搜尋之前的記憶，卻什麼也記不起來。

「喂，你在嗎？」

我甫一開口便被自己沙啞的聲音嚇了一跳，這才注意到喉嚨乾澀得都快出血了。我有些疑惑，為什麼死鬼不在？他纏上我這幾天幾乎都跟我寸步不離，沒看到他的身影，一時之間有些不自在。

我抬起手，按了床頭的護士鈴。過了不久，一名護士就進來了，身後還跟著一個男人。一瞬間我把他看成死鬼，但後來馬上就清楚那不是他，他們的氣質截然不同，長相也頗好看，而這個男人是活生生的。

護士一進來就問我感覺如何，幫我調整了點滴、量了血壓。那男人站在一旁沒說話也沒動作，等護士小姐轉身離開時，他才露出了個微笑：「看你精神不錯，你身體應該還行吧？」

我警戒地看著他，他愣了一下，臉上的微笑更親切了。

「不好意思，我應該先自我介紹。」他從口袋掏出了個東西展示給我看，是警徽和ＩＤ。「我是警察，有些事情想問你。」

我試著從床上坐起來，那名警察幫我將床頭調高。

心臟撲通撲通地跳著，完了，我想起來了！我想起自己發生什麼事了，雖然我的印象只到那時被逼著打了毒品。我看向左手臂，瘀血針孔還在，看來不是做夢。

但……死鬼呢？他在哪裡？還在那間夜店裡嗎？琛哥有沒有對他不利？

腦子裡瞬間被疑問塞滿了，我只想立刻跳下床去找他。

「你的父親人不在國內，無法趕回來，因為你沒什麼大礙，所以只有你們家的祕書來照顧你。」

「……羅祕書呢？」

「他去張羅東西了。首先我要先跟你說，我是緝毒組的警官，在你昏迷的期間，我採了些你的頭髮和尿液作檢驗，證明了你應該沒有吸毒習慣。問題是，為什麼你會去那間夜店？」

「我昏迷了多久？」我特意強調昏迷，這樣聽起來有受害者的感覺。

「三天，一下子打這麼多古柯鹼沒死算你幸運……嗯，不完全是古柯鹼，裡面摻有嗎啡。我發現你的時候你已經休克了，後來採集你的血液才發現毒測反應高得嚇人。」

「我是被逼的。」當務之急是趕快撇清，我總不能跟警察說是為了幫一隻鬼而假裝加入幫派。

他皺著眉頭看著我：「是嗎。你打的量是多了一些，對一般人來說只是會嗨比較久，但你對古柯鹼有嚴重過敏反應，所以我們才知道你應該沒有施打習慣。否則，你今天就會在高度戒護下醒來了。你身上沒有證件，我花了好些時間才查出你的身分。你雖然進出過幾次警察局，但都是些雞毛蒜皮的事。

「好了，我們進入正題吧，為什麼你會出現在那裡？你也是本地人，相信你不會不知道那是什麼地方，而且，我看你應該是惹上那裡的地頭了。」

我聳了聳肩。「我只是想去見識見識而已，從那裡出來後還可以跟朋友炫耀。」

「你們小孩子，要玩也要知道分寸，那裡不是你們玩得起的地方！」警察皺眉道，「那你怎麼會去惹上那些毒蟲？」

「我跟人起了衝突，後來他就叫他們老大出來，好像是叫琛哥還陳哥吧，他們幾個人押著我給我注射了些東西，我本來以為是毒藥還是清潔劑呢，原來是毒品。」

那警察目光灼灼地盯著我，我一時心虛，便裝出無辜的樣子問道：「他們給我打了那種東西，應該不會有後遺症吧？應該不會上癮吧？」

我說得慌慌張張，聲音還有些抖。說謊對我來說是家常便飯，我從小騙到大，無所不騙，天大的謊都可以說得臉不紅氣不喘。

警察嘆了口氣，說：「你放心，是沒有什麼事，你只要不去碰就不會上癮。」他遞了張名片給我，「想到什麼事就打電話給我，羅祕書一會兒就來。」

我一直有個疑問，警察又不是業務員，幹嘛要有名片？「呃……警、警察先生？」

他回過頭來：「叫我重哥就好，有事嗎？」

「『蟲』哥？」我屈起手指作出毛毛蟲蠕動的樣子。

「是『重』，看名片！」

「好，重哥。」我強調「重」的發音，「請問是你救了我吧？當時……當時的情況怎麼樣？」

蟲哥走回床邊，隨手拉了一張椅子坐下。

「不是我救你，是我的同事。那天他在夜店那邊跟監，因為據報說琛哥——就是你惹上的人——那天會出現，所以他一整天都在酒吧外頭監視。」

「所以那個琛哥很有來頭？」我故作訝異。

「沒錯，你能活著離開真是萬幸。」蟲哥用力地拍了拍我的肩膀，痛得我差點沒叫出來。「聽說他們時常聚在那裡談事，會在那裡跟琛哥見面的都是大人物。事實上，我們已經去過那間夜店好幾次了，我也曾偽裝潛入，但一點收穫也沒有。」

我斜眼瞧了他一眼，一臉正氣凜然，一看就知道是條子，會有人笨到跟你洩密才怪！

「那天晚上我的同僚發現夜店裡起了騷動，趕緊派了轄區員警去酒吧臨檢。我到了樓上看到你像灘爛泥似地躺在地上，幫你做了些緊急處置，就直接帶你來醫院，你在半路上還吐得我同僚一身都是。幸好沒有其他受害者。

「當時急診室的醫生處理不來，還緊急 call 了其他醫生回院，折騰了半天才把你救回來。」

聽起來我像是在鬼門關前走了一遭，不過我現在好好地坐在這邊，沒有什麼確切感受。現在唯一的問題是……

「怎麼，聽到自己死過一次嚇呆了嗎？」蟲哥揶揄地說。

「那個……蟲哥，除了你剛剛講的那些，當時還有什麼異狀嗎？」

「是『重』！」

我實在不明白他為何聽得出來我說的是「蟲」。他繼續說：「我沒發現什麼異常情況，還是……你認為應該會有什麼發生？」

我知道他沒有完全相信我的話，但也沒有逼迫我說出來的意思，我沒回答他的問題，只說：「我想，叫你這個名字太拗口了，你姓朱，不如叫你『朱哥』好了。」

蟲哥英俊的臉霎時刷白了，看來他常常這樣被嘲笑。他猛地站起來，皮笑肉不笑地說：「你好好休息啊，機靈的小弟弟，想起什麼重要的事記得打給我。」

他說得咬牙切齒，等他一出房門，我就忍不住大笑，哈哈，豬哥！

這時，又有人推門進來。

蟲哥才出去沒幾秒鐘又進來了，後面還跟著一個人。

蟲哥道：「這位是我的同事，就是救了你小命的人。」

看到那人的臉，我真是恨不得自己沒醒來。這傢伙就是那天從捷運上就開始跟蹤我的殺手！

「我姓章，你叫我小章就可以了。」那人邊說還邊伸出手來。

「哪個ㄓㄤ？」我問道。

「文章的『章』。」

還文章的章咧，他要是說是章魚的章，保證沒人會忘記他的名字。

那人長得……實在很奇怪，當天沒能好好注意他的臉，現在看來，他的額頭高得嚇人，人中到下巴部分扁平，幾乎算是凹陷了，後腦勺上半部分突出，從背後看就像是頭上長了個屁股似的。

他的神色泰然自若，不曉得他被賤狗咬到的地方痊癒了沒。不過看他的樣子應該是不記得我了，原來他是警察，我還以為是要來殺我滅口的咧。

我鄭重其事地伸手跟他握了一下道：「你好，很感謝你救了我。」

章魚兄道：「沒什麼，不過我奉勸你最好不要再去那種地方了。」

我仔細看著他的臉，看不出任何異樣。說不定那天他真的只是想提醒我拉鍊沒拉？還是同路罷了？

不，不可能這麼巧，我肯定他那天的確從捷運上就開始注意我了，雖然他現在似乎沒認出我來。那天過後，我也擔心會被發現，所以剪了頭髮，再加上那副眼鏡，說不定發生效用了……沒想到真有人蠢到因此認不出我。

那麼現在的問題是，他為何要跟著我？

「如果你有什麼問題或想起什麼，請務必通知我，這是我的名片。」章魚兄邊說邊遞了名片給我。

我看了看他的名片，除了姓名電話，還有ＦＢ、電子信箱和部落格，我真不了解警察為什麼要用這種像小女生用的東西啊！只差沒有印星座和血型了。

「琛哥是我們追查很久的大毒梟，之前我們的上司——緝毒組的組長，才因公殉職，雖然沒有證據，但我們知道跟琛哥一定脫不了關係。我們連日來拚命跟監搜查，卻還是逮不住他。」蟲哥咬牙切齒道。

死鬼也是緝毒組的，那麼這兩個人應該是他的同事囉？蟲哥剛說的組長應該就是死鬼了吧。

「組長死後，我往上頂替了他的位置，現在唯一的目標就是要揪出琛哥！」蟲哥講得義憤填膺，想必同仁的死一定帶給他不小的震撼。

若是這樣的話，章魚兄那天跟蹤我應該是情有可原了。

他們可能在死鬼家附近埋伏，說不定有可疑分子會去他家找尚未曝光的證據，到時候只要抓到小的，說不定就能引出大的。

我乍然覺得有些欣慰，心想：死鬼，並不是只有我，還有很多人在幫助你呢。

兩個條子一踏出病房，我便叫道：「喂，死鬼，你在吧，快出來！」

回應我的是依然空蕩蕩的房間，連個鬼影都沒出現。我又叫喚了幾聲，心中的疑惑與不安愈來愈深。

死鬼平常是怎麼趕也趕不跑，像口香糖般黏著我，而且他要報仇的話也只能靠我。

更何況只要離開我，他實體化的能力也會失去，靠鬼的身體根本什麼事也做不成，所以復仇心切的他不可能是自己離開，一定是在琛哥手上！

照理說，死鬼突然消失，我應該高興終於擺脫了他的糾纏才是，但現在只有滿滿的惶恐不安縈繞在胸口。

我跟他相處這段日子下來，產生了一種共患難的意識，沒辦法，誰叫他一直跟我形影不離。死鬼除了刻薄了一點、神經質了一點、自大了一點，其實還算是好人。

說不定，他被當成惡鬼打回地獄，抑或是魂飛魄散了？

想到這裡我緊張起來，雖然我討厭他，但也不想看到他大仇未報，還永世不得超生。

我必須……去找他！

這個念頭一冒出來，我馬上拔掉了手上的點滴，一下床就一陣腿軟，這才發現身體的情況不如想像中好。

忍著暈眩扶牆走到旁邊的櫃子，看到裡面有我的衣物和生活用品，應該是羅祕書準備的。我套上衣服和牛仔褲，發抖的手連釦子都扣不上，我喘息不已，手腳虛弱無力。

這時有人推門進來，我抬眼一看，是羅祕書那張顏面神經壞死的臉。

他面無表情，看到我的情形皺了皺眉頭，說道：「少爺，你應該要多休息。」

「少廢話，我要出院。」

「不能。」羅祕書抓住我的手臂，他的力氣極大，我左甩右甩無法掙脫。

「放開我！」

「不能，老爺已經授權我要照顧你，不能讓少爺做出不理智的事。」

「我自己有手有腳！放開我，我有重要的事要辦！」

「少爺，你再這樣我就必須強制軟禁你了。」

我停下動作，哀求道：「拜託，羅祕書，這是攸關人命的事，我……我朋友現在有危險，我一定要去找他。」

羅祕書挑了挑眉：「如果是這種問題，讓我去處理就行了。」

拜託，他是鬼！難道要去找林正英來救他嗎？我結巴地說：「這、這事只有我做得來，是我很重要的朋友，只有我能救他！」

「跟你這次捲入的事件有關嗎？」

我心下一驚，如果讓羅祕書知道一定不會放過我。我抬起頭，用一種悲壯的表情說道：「是感情糾紛，我要去救我馬子，身為男人怎麼能讓別人來幫忙救心上人呢？」

羅祕書露出一種了然的表情，還帶有一絲驚訝。他沉默了一會兒，看著我的眼睛說道：「需要支援嗎？」

我馬上挺起胸膛：「只是把馬子搶回來，頂多打個架罷了，哪會有什麼危險？」

羅祕書靜靜地看著我，我不知道他是否拆穿了我的謊言。

半晌，他輕輕放開我的手，我揉揉被捏得發痛的手腕，跟他說：「謝了，羅祕書，我欠你一次。」我心下有些訝異，想不到羅祕書也是性情中人。

「少爺你沒欠我什麼。」他冷淡地說：「只要你在外面不要興風作浪增加我的麻煩就好，老實說，你真的讓我很頭痛。」

可惡，謝得太早了！我一定是跟這傢伙犯沖！

我搭乘計程車回到家，不出所料只有賤狗在。

本來還擔心牠這幾天沒飯吃，但看到家裡一片狼籍，飼料整包倒在地上散得到處都是，連罐頭都被那隻賤狗咬開了。

我一點整理或是罵牠的心情都沒有，本來還抱有一絲希望的心落入谷底。這麼久不見，恐怕是凶多吉少。

我衝到樓下，簡直是連滾帶爬上了計程車，喘著粗氣軟癱在椅背上。我這一趟再去恐怕也很危險，畢竟那天鬧得眾所皆知，今天一定會被認出來。而琛哥他們也不可能相信我只是想加入青道幫，否則那天不會那樣試探我。

然而我還是要去，否則除了我，有誰會去找那個人間蒸發的死鬼？

死鬼！不准你就這樣消失，畢竟我們也同甘共苦過！

……好像不太對，我們沒同甘，更別說共苦了，苦的都是我，出錢出力的也是我。想到這點讓我火大起來，老子為你做牛做馬什麼報酬都沒要求，你這死鬼竟然一聲不吭給我溜了！

我下定決心，一定要找到死鬼，把他壓榨我的全部叫他吐出來！

在離夜店幾個街區附近下車，我也不敢就這樣貿然進去，打算先在周圍看看情況再說。

剛回家忘記拿我的變裝道具出來，我走了很遠，在一間藥妝店買了有顏色的髮蠟，把我的頭髮一撮撮抹上去。這樣的動作我非常熟，在死鬼來之前我每天都梳這種龐克頭，只是不曉得能不能瞞過其他人的眼睛。

我回到夜店附近，本來想找一間咖啡廳之類的就近觀察，但我忽略了，這種地方怎麼會有人敢在附近開店？只好隨便找了個暗巷，用建築物的陰影當遮蓋。現在還是大白天，熱得要命，我在心中懊惱自己沒想清楚就行動。

事實證明，我沒有當警察的資質。警察隨便跟監個犯人就動輒幾天，我站沒多久就受不了了。

大病初癒就急著來做這種耗費體力的事，我只覺得渾身上下不舒服得要命。死鬼就算魂飛魄散又怎樣？就算不告而別又怎樣？反反覆覆的念頭蜂擁而上，直讓我頭痛欲裂。

幾天前施打的古柯鹼後遺症尚未盡褪，我想是毒品阻礙了我的思考能力。

雖然大腦一直叫囂著快離開這種是非之地，回家睡大頭覺，但四肢卻不聽使喚，依舊生根似地動也不動，外頭的熱辣和身體裡的寒意交織，我都分不清滿身的汗水是熱汗還是冷汗了。

我一邊盯著目標一邊想著，是什麼驅使我這樣做？

我知道，死鬼不是會不告而別的人，他不出現就代表一定有事，說不定，情況已經很危急了，也說不定，死鬼已經不存在於世界上了。

想到死鬼就這樣離開了，我心裡激動得無以復加。那種模模糊糊的情緒充斥全身，好像有什麼呼之欲出，但虛弱阻擋了思考，我也很想知道是什麼東西讓我忍受了這樣的痛苦。

這時，我看到幾個人從酒吧旁的巷子走出來，被汗水刺痛的雙眼看什麼都模模糊糊，但我依稀記得他們的臉，是那天押著我的人！

我舉步維艱，但還是一步步跨出去了，我要問：你們把死鬼弄到哪去了？把他交出來！

一走出建築物的遮蔽，刺眼的陽光讓人頭暈目眩，我踉蹌了幾步後站穩身體，正想再跨出去時，驟然一股力道扯住我後頸，將我用力向後拉。

我跌到地上，眼睛仍緊追著那些人，見他們要上車了，我焦急地只想站起來去追，非要問個水落石出。

「你搞什麼？別再動了！」

耳邊傳來熟悉的聲音，我這才發現自己不是坐在地上，一具冰冷的身體墊在我身下，兩條手臂緊緊箍住我。

「你沒事嗎？」我聽見自己口中冷靜的問話，明明腦子還一片混沌，但下意識地好像知道在我身後的是誰。

「有事的是你，連站都站不穩了還想去找那些凶神惡煞的傢伙，他們隨便彈個指頭你就會消失在這世界上了！你為什麼還要蹚這渾水！」

為……為什麼？還不是你害的？我想回嘴，但緊張感突如其來地退去，好像把支持我身體的支柱也抽掉了一樣，取而代之的是讓人渾身無力的倦怠，和令人安心的冰冷……

慢慢睜開沉重的眼簾，一絲光線射入瞳孔，我有些不適應地又閉上了。

「你醒了?還不舒服嗎？」

忽地冒出來的聲音驚得我身體一震，我轉頭一看，原來是那嚇死人不償命的死鬼。

我沒好氣地說：「拜託你不要突然出聲或現身，被你搞得心臟都快停了。我當然是醒了，要不然是在夢遊？」我揉了揉額頭問道：「現在幾點？」

剎那，我的手僵在空中，好像不是該問幾點的時候。抬頭看了看，我身處在髒亂的巷子裡，就躺在柏油路上，怪不得渾身發疼。

仔細看著那死白的臉，果然是死鬼沒錯。

我撐起身體，發現身下墊著瓦楞紙板。「為什麼你在這裡?你之前跑哪去了?」

「先不說這個，你為什麼自己跑來這?你不知道這裡很危險嗎?你是白痴嗎?」

「我……」他一連串的問句讓我舌頭打結，不知道先回答哪個好。

死鬼板著臉道：「這事不是你應付得來的，你應該要交給警方處理，然後再也不插手。」

心頭火起，我顫巍巍地站起身，伸手揪住他的領子……不過沒抓到，罵道：「操你媽的王八蛋，你跑哪裡去了?害我還騙了羅祕書，那傢伙很可怕耶!還是你要我跟羅祕書說是我的鬼朋友有危險嗎?!我要是說了，八成會被他抓去洗腦再改造！」

死鬼呆愣著，我不耐煩的伸手去搖他……沒碰到，我重心不穩差點跌倒。

良久他才開口：「你以為我被困住嗎？」

「廢話！我還想你會不會已經被收了咧！否則我幹嘛拚著病弱的身體來這？老子又不是活得不耐煩！」我喘了口氣繼續道：「你既然沒事為什麼不回去？你一直在這遊蕩嗎？只憑你一隻鬼是抓不到他們的。」

「我沒有離開，我一直在你旁邊，只是沒出聲罷了。」

我花了幾秒鐘消化他的話，頓時怒氣橫生，一發不可收拾。

「你說……你一直在我旁邊？」

死鬼點點頭。

「我找了你半天！幹嘛不吭一聲？」我不爽地大罵。

他看了我一會兒，然後移開目光道：「很抱歉。」

我愣了一下：「你道三小歉？」

「我的失算和大意讓你陷入危險當中，真的很抱歉。」死鬼語氣平靜，臉上也毫無表情。

「你是指我從通風管掉下去？又不是你推我下去的！」

「不，對所有事我都很抱歉，一開始我就不應該為了自己的復仇而將你捲進來。」

我聽了一肚子火，大聲說道：「抱歉你個鬼啦！我都沒說什麼了，你愧疚個什麼勁？那你想怎樣？要跟我拆夥嗎？」

「是的，我是這麼打算。」

香蕉你個芭樂咧！我揪住他的衣領，一字一字道：「你再說一遍試試看！當心我揍得你滿地找牙！」

死鬼一臉平靜道：「你動手吧，我不會躲。」

他這樣乖乖地站著反而讓人鬥志全失。我慢慢吐出一口氣，鬆開他的衣服道：「死鬼，你吃錯藥了嗎？當初是誰嚷著說一定要報仇，還硬逼我幫他，現在你想無視我付出的血淚和金錢，跟我拆夥？」

「我非常感激你所做的一切，可是我不想再牽連你。如果我的復仇會讓你受到傷害……這是我最不願見到的事，但它卻發生了。因此，我不能再連累你了。」

「那接下來你要怎麼辦？自己一個人去抓他們嗎？」我大聲問道。

「不，我想你說的對，他們死後都會為自己的作為付出代價。這幾天下來，我覺得報不報仇已經沒那麼重要了。」

看著死鬼，他的表情淡漠，彷彿真已置身事外。

真好笑，我們在陰暗的後巷，站在垃圾箱旁談著生死。抬頭從建築物的間隙中看到高掛在空中的太陽，高溫讓柏油路面看起來像有水氣蒸騰而起，混著腳邊的垃圾腐敗氣味，還有夜店外飄散的酒味。

深吸了一口氣，對這味道感到作嘔不已，卻不會覺得厭惡，因為我還活著。

我還記得他說起自己被殺害時的憤怒與不甘，也記得他談論自己家人時的遺憾與悲傷；說到他喜歡的籃球隊時仍然看得出對新球季的期待與擔憂，聽到我發表蠢言論時的嘲諷與無奈……

這一切對你來說都很重要，所以你還在這，就在我面前，比任何活著的人都更像是……活著。

「那你打算就這樣不了了之嗎？」我悶悶地問。

死鬼沒說話。我又問道：「既然你不想報仇了，為什麼還要待在這裡？你現在會在這裡出現，不就是為了找出真凶嗎？」

死鬼嘆了口氣道：「你曾死裡逃生一次，誰也不能擔保他們不會再找上你。我要待在你身邊，至少要保護你的安全直到我該回去的那天。」

「老子沒弱到要你這死鬼保護！」我憤怒地揮拳。「而且你搞錯了吧？你就是為了復仇才回到人間，你不會想跟我瞎混到要投胎的那一天吧？到那時，我保證你一定會嘗到後悔的滋味，說不定還不用到那一天！你以為我幹嘛幫你？你這個目中無人的渾蛋！

「我告訴你，我沒你這麼沒種！就算你現在放手，我也會一個人去查。如果成功了，我會在你墳前嘲笑你這個沒卵蛋的傢伙；如果失敗了，你也知道琛哥不會放任我在他眼皮子下搗亂，到時你就等著和我在陰曹地府相會吧！」

他愣愣地盯著我。

「所以說，現下最好的方法是，我們繼續查，在這段期間你要不遺餘力地保護我，省得到時候你又靠夭說不報仇了。」我認真道，「這樣不就皆大歡喜了？我答應你，太危險的地方你說不去我就不去。」

死鬼面無表情，似乎在思考。我正打算繼續以懷柔方式勸導時，他看著我，表情看起來有些不爽：「沒想到我竟也有被你威脅教訓的一天。」

我倒退了幾步，保持安全距離。這臉皮薄的傢伙該不會被我說得氣不過，想宰了我吧?!

他一步一步走近我，直到我退無可退，背抵上了牆壁。

他伸出手，眼看著就要掐上我脖子時，轉向了我的頭。他的手放在我頭上，微微彎下腰跟我平視，認真地道：「對於之前發生的事，我還是要跟你道歉；而你為我所做的事，我也要跟你道謝。接下來還請你多擔待，你的安危是我首重目標，我絕對不會再讓你受到任何傷害。」

死鬼說得信誓旦旦，讓我鬆了一口氣，還以為他想讓我陪他一起下地獄咧。

他能夠想開讓我由衷感到高興，不知不覺，我已將他視為重要的朋友。前方的道路必定是危險重重，但我相信咱們一定都能夠化險為夷，畢竟，這就是朋友存在的原因。

不禁想起，若是在死鬼生前就認識他，有他撐腰的話就不會成天被抓進派出所訓誡……不，仔細想想，以死鬼的個性來說，我應該會更慘。

我本想開口損他兩句，但瞬間放鬆下來讓我頭暈目眩。

死鬼扶著我道：「你吸毒過量，身體應該還沒康復，先回家休息吧，一切的事都等你復原再說。」

「拜託你用詞注意一下好不好，我是被逼的耶。」我沒好氣說著：「對了，剛剛在醫院那兩個是你的同事嗎？蟲哥和章魚兄。」

死鬼聽見我的話愣了半晌，才道：「你說小章？聽你一說還真像……他們兩個原本都是我的部下，小重現在坐的是我生前的位置。」

「果然，我還真是神機妙算！」我得意道。

「這只要有點腦子的人都想得到。」

「還有，那個章魚兄就是上次跟蹤我的人。」我歪著頭道：「不過他好像沒認出我，你想他上次為什麼要跟蹤我？」

「上次跟蹤你的人是小章？你確定沒認錯？」死鬼看起來有些疑惑。

「怎麼可能認錯！他長那樣子只有瞎子會認錯！」我不滿說道。

死鬼沉吟道：「因為我的死因不單純，基本上他們認為我可能掌握了什麼證據所以才被殺，而對方一定也想到了這一點，因此才在那裡埋伏監視可疑人物。不過他應該沒看到你從我家出來，要不然早逮捕你了。」

「呼，他的跟監技術還真是爛得可以，難怪一直抓不到琛哥那些人。不過還好他沒認出我來，要不然我要怎麼跟他說是屋主授權我進去的？啊，還是就亂掰說我是你的遠親好了，說我是你舅舅的老婆的弟弟的兒子之類的。」

「我沒舅舅，我媽是獨生女。」

「……算了，我累斃了，我要坐計程車回家。剛剛你也是跟我一起坐著車來的嗎？你不是會掉出去？」

「只要你在就沒問題了。更何況你剛剛那樣子，就算揍你兩拳都不見得有反應，我從頭到尾都拉著你，你也沒感覺吧？」

「唉，等一下回去還要收拾那隻賤狗搞得一團亂的房間，這幾天下來，牠累積的大便起碼有十噸了吧！我跟你說我可不收拾，這次換你整理！」

「無所謂，放著就好了，反正對我沒影響。」

「……王八蛋！」

到家之後，那隻可惡的賤狗一看到死鬼就興奮地跑來跑去，我剛剛回來的時候牠連甩都不甩我。雖然不爽但還是得清理那些東西，牠的便盆正如我所想像的一樣，已經滿出來了，估計再讓牠積個幾天就會塞滿我的房間。

怕麻煩的死鬼很難得地跟我一起合力將屋子打掃乾淨，然後隨便梳洗了一下便躺在床上。累到連一跟手指也不想動了，但就是睡不著。

我感覺身體陷入柔軟舒服的床裡，赫然想起死鬼，轉頭只見他坐在一旁沙發上，好像在閉目養神。

「喂，死鬼，你睡了嗎？」我問道。

「睡了。」死鬼回道。

「睡你的頭啦！最好是你睡了還會回答我！」

死鬼睜開眼睛，一臉好笑地看著我道：「你問了我當然回，不過我要跟你說，鬼是不用睡覺的。」

「喊！我本來還好心想問你要不要一起睡咧！」我沒好氣地說著。

「一起睡……你真要我以身相許？」死鬼挑眉嫌棄地道。

「不是啦！」我連忙跳起來澄清，「我的死黨來這裡玩也是全都擠在床上，更別提胖子一個抵兩個！你可別想歪喔！要搞 gay 你自己去搞！」

我氣呼呼地倒回床上，還聽到死鬼在我背後發出的嘲笑聲。

過了良久，耳邊傳來死鬼的聲音。

「過去一點。」

我閉著眼睛看也沒看他，但還是挪了挪身體。

然後，感覺身旁一陣冰冷，雖然沒有重量感也沒呼吸聲，我知道他就躺在我身邊。

「為什麼……」他欲言又止。

等了半天沒聽到下文，我轉頭過去看他，只見他一雙眼睛在黑暗中熠熠發亮，離我不過幾根指頭的位置。

「你靠這麼近做什麼？嚇死老子了！」

「你的床就這麼點大，要不你睡地板。」他一本正經說著。

「你是鬼睡屁啊？」我伸手去推他，觸手一片虛無冰涼，就像把手伸進冰箱裡似的。發覺我的手可能正戳著他的肺或心臟，嚇得我趕緊縮手。

「我想好好體驗躺在床上的感覺。」他用手枕著後腦勺長嘆了聲：「說起來，我生前從來沒想過能夠躺在柔軟的床鋪上睡覺是多麼奢侈的事。」

「哼。」我給了他一記白眼，「你當初每天吵得我不能睡，現在知道睡覺的幸福了吧？」

「因為那時的你太討人厭了。我想，給你吃點苦頭也好，沒想到你竟然能撐這麼久，我還一度覺得自己找錯人了。」死鬼看著天花板說道。

「你這傢伙……你有S傾向吧？」我狐疑問道。

「我第一次聽到這個說法。」

「那麼，你現在還覺得找錯人嗎？」我小心翼翼問道。我真的希望自己能成為死鬼的助力，雖然到目前還沒能幫上他什麼。

死鬼看了看我說道：「不予置評。」

這傢伙又在耍賤了。「你真的很機車！我去買副棺材給你睡好了。」

我翻了個身不理他，接著我想到一個重要的問題，連忙再翻過身問死鬼道：「你是怎麼從琛哥那裡逃出來的？他放你走的嗎？」

死鬼的臉剎那間變得猙獰無比，但隨即又平復下來。

「當時你昏迷後，他便來問我的身分。照理說，他應該知道我是誰，畢竟我們也打過幾次照面，但他似乎無法看清我的樣貌。

「後來，他用法術折磨我，但始終問不出來。我那時神智不清，扯破了符紙後開始大鬧。再次回過神來，就看到管區員警去那臨檢，琛哥匆忙離開現場，來不及對我下手。」

死鬼說得輕描淡寫，但我想以琛哥的心狠手辣，一定用盡了辦法要逼他開口，我光想像那情景便毛骨悚然。網路上流傳琛哥不僅擅長符咒，甚至還會養小鬼或是使役鬼魂，雖然聽起來不太真實，但傳聞不會空穴來風，肯定有其可信度存在。

我不禁感嘆，我和死鬼的命都是撿回來的呢。「幸虧琛哥沒認出你來，要是他認出你又沒能滅了你的話，想必他之後行事一定會很小心，我們要調查就更困難了。」

死鬼冷笑道：「他一定會後悔沒殺了我。我跟他的梁子算是結下了，就算不能找到凶手，我也要他付出代價！」

死鬼的話讓我詫異不已，這傢伙何時變得這麼偏激？

「哇靠，你之前還說讓他們下地獄去再受罰，怎麼對琛哥你就要報復他？好像他是你的殺父仇人一樣……你看他特別不順眼？」

死鬼看著我道：「他傷害了你，這是最不能原諒的。」

他這樣一說讓我有些感動，我眼泛淚光地說：「死鬼，你還挺夠義氣的嘛，我之前真是錯看你了。如果我在之前就認識你的話，應該就不會這麼討厭警察了。」

死鬼嗤笑了一下道：「我們若有機會見面，只有可能是你幹蠢事被抓進局子。」

可惡！被他反擺了一道！我將被子扯上來蒙住頭罵道：「煩死了，滾開！」

「別這麼容易動怒。憤怒會釋放色氨酸羥化酶，會使你的腦袋不清楚、智商暫時變低。難怪……」

「F〇ck!」

Chapter 6

最後的線索

我在家裡休養了幾天，今天心血來潮——其實是死鬼逼的——便久違地去了學校。不知道是否之前發生的事在我心裡蒙上了陰影，走在路上都覺得草木皆兵，人人都對我虎視眈眈。

「是你太敏感了，周圍並沒有什麼可疑的人影。」死鬼如此說道。

死鬼這幾天完全沒提接下來要怎麼辦，我都悶得發慌了。並不是我犯賤喜歡往槍林彈雨裡鑽，而是死鬼的態度讓我摸不著頭緒。雖然之前他也答應我要繼續搜查，但我開始懷疑這可能只是幌子，現在只能確定他是真的想找琛哥麻煩。

我每次問他說要不要再去打聽打聽，或是為了之後可能到來的危機做些準備，不能手無寸鐵或一點後備也沒有就衝過去，但死鬼總是打發我多休息幾天，要不然就是逼我來上課，完全不曉得他的想法。

我下定決心，如果他要這樣拖我就來硬的，直接威脅他進行下一步。就我所知，閻王雖然給了他機會，但也不可能給他無止境的時間，現在就只能指望我了。

到了學校，我清楚地感受到四周投射而來的目光。這不是錯覺，因為我還可以聽到其他學生的竊竊私語「就是他耶」、「真的假的啊」之類的。

我被針一般的目光刺得渾身不舒服，連忙躲進了洗手間。

一進去我就問死鬼：「你還要說是我太敏感了嗎？你說是怎麼回事，該不會露餡了吧？我會不會被青道幫通緝了啊？活捉二十萬，屍體十萬……」我已經緊張得語無倫次了。

「冷靜一點。」死鬼沉聲道，「你沒那麼值錢，他們現在應當還不知道你的身分。」死鬼強硬的態度讓我有些安心。他又說：「我倒覺得是你做了什麼。你沒印象嗎？」

我給了他一個白眼：「你這幾天都跟我在一起，難道你不知道我做了什麼嗎？」

「嗯。」死鬼作勢思考，「你做的事倒挺多的，無照駕駛、闖空門、吸毒……」

我打斷他：「你別廢話，我已經覺得很煩了，你別火上加油。」

「你躲在這裡也不是辦法，還是出去問個明白。」

我想想也對，老子行不改名、坐不改姓，我就不相信有什麼天大的事！

我忍著暴打那些對我指指點點的人的衝動，進到了教室。

我一進去，喧鬧的教室頓時安靜了下來，瀰漫著詭異的氣氛。我看了一圈，阿屌、胖子、菜糠、小高竟然都不在，肯定又集體蹺課了。

我走到座位坐下，大家都在做自己的事，但又不時偷偷斜眼看我，我按捺不住，抓住我旁邊的麻子臉怒喝道：「看三小！當心我揍你！」

我在學校也算知名，正確來說是惡名昭彰，整天為非作歹，跟我混在一起的胖子等人也都挺會惹是生非，雖沒做過什麼大壞事，小奸小惡做得就挺多。見我勃然大怒，就沒人敢再偷看了。

上課鐘響後，導師快步走了進來：「班長，去學務處幫忙領獎，我看那傢伙今天也不會……」他站到講臺上，看到最後一排蹺著二郎腿的我，嘴巴大張得都可以塞進拳頭了。

我心裡一陣莫名其妙，今天不曉得是不是犯沖，每個人看到我都跟看到鬼一樣。導師的嘴巴一開一合，但沒半點聲音出來。

我冷眼看著那個老禿頭。良久，他才開口對著我說：「呃……這個……今天要升旗，有頒獎典禮，到學務處去。」

他說叫我接受懲罰我還相信，但聽起來好像是叫我去接受表揚？我一頭霧水，絞盡腦汁都還是想不出來我做了什麼值得表揚的事。我問道：「老頭……老師，我既沒拾金不昧也沒扶老婆婆過馬路，為什麼要頒獎給我？」

導師聽到我這樣問，露出詫異的樣子，彷彿我問的是啥奇怪的問題。他清了清喉嚨道：「你沒看到學校公布欄嗎？」

公布欄？我連公布欄在哪都不知道。

見我沒回答，導師繼續說：「上個禮拜的期中考，你考得不錯。」

好到要接受表揚？這樣一來，那些對我的側目也都情有可原了。不過，我記得會頒獎的是只有全校前十名……還是二十名……還是三十名？我忘了，但一向都是學校的升學班獨占這些名額，我能插進去應該是跌破所有人的眼鏡了。

「我考第幾？」我問。

導師臉上出現一種奇怪的表情，看起來很噁心。他說：「呃，你這次是全校第一名。」

我聽了差點沒從椅子上跌下來。第一名?!

要知道在我們學校考第一名不容易，雖然是遠近馳名的爛學校，但為了教育部評鑑，學校設有升學班，裡面是用高額獎學金吸引而來的各地高材生，唯一的目標只有全國第一學府——Q大。而升學班對Q大的升學率幾乎是百分之百！

這所爛學校，就是靠那些資優生才能撐到現在沒被抗議拆除，而他們的待遇也是好到讓人不敢置信，甚至還有獨立的校舍，遠遠隔離開我們這些害蟲。

如今，竟然讓隻害蟲考了全校第一名，那些資優生的面子全掃地了。怪不得導師對我的態度這麼客氣，他以往見到我，總是三句不離「退學」或「人渣」。

我看了死鬼一眼，只見他一臉波瀾不興。這傢伙八成是那種破獲了強盜集團，接受表揚時還說「這只是舉手之勞」那種欠揍的人。

不過，這對我來說並不是一件好事，只是無謂的麻煩。

我二話不說，拿起書包就走人。關上門隔絕導師慌張的大叫和同學們的耳語，我像逃難似地在走廊上奔跑。

死鬼不滿地說：「你第一堂課都還沒上就要蹺課？」

我白了他一眼：「少廢話，還不都是你捅出來的婁子！」

「我？」死鬼一臉無辜，「又關我什麼事了？」

「你曉得這是什麼學校嗎？」

「知道。」

「你應該也清楚我是怎麼樣的學生吧？」

「嗯。」

「你知道我這種學生在學校都在幹嘛嗎？」

「這我就不太清楚了。」

「當然是欺負那些狗眼看人低的書呆子啊！」

「喔。」

「所以我現在怎麼在學校待下去？」

死鬼露出恍然大悟的模樣：「我知道了，你怕被欺負？」

「不是！誰敢動我啊！我是指變成我平日欺負的對象，那是一種恥辱！再這樣下去我連學校都不敢來了，我得去放話，說我期中考是找槍手代打……」

「我完全無法理解你的思維。」

「你不會了解的啦，總而言之，如果不趕快澄清，我會被看不起的。」

「那你打算怎麼辦？在事情淡化前都不來學校嗎？」

「這我能怎麼辦？」我斬釘截鐵地說：「這次不管你再如何威脅利誘或是激將法，我這幾天是不會再來了。」

「我也不會再勸你了，強迫你上學你就一副我在逼良為娼的樣子。」死鬼冷笑道。

「那不重要啦！現在當務之急是你想怎麼辦？」我扯開話題道，「這些天來，每次我一提到要去搜證，你就開始瞎扯淡，現在我的身體好得很，已經完全康復了，總該要有所行動了吧？」

我越講越煩躁，而他這當事人竟然一副若無其事的樣子……真是皇帝不急，急死太監……靠，這樣我不就是太監了！

「我並不是沒有計畫，只是這次行動就怕你不願意。」死鬼為難道。

「拜託，只要不要叫我再去爬一次通風管，不管什麼我都做！」我相信再也沒有比上次的酒吧更危險的地方了。

「你確定?即使要去一個極其危險的地方?那裡面危機重重，四周都是你的敵人，你一旦進去，我可沒辦法保證你能全身而退。」死鬼警告我道。

「……你說的該不會是琛哥的大本營吧?」我懷疑問道。

「不是。」死鬼非常乾脆地否決。

「那地方是琛哥的勢力範圍嗎?」我又問道。

「也不是。」死鬼再次否決。

「那是青道幫其他成員的地盤嗎?」

「不是。」

我鬆了口氣道：「那就沒問題了，只要不跟他們扯上關係，說什麼都好辦。那你到底要叫我去哪?」

死鬼停頓了一下，然後慢慢開口：「警察局。」

「我不去。」

「你拒絕得真快。」死鬼詫異道。

「廢話!」我大吼，「我死都不去條子的地盤!叫我去警局不如讓我去古巴算了!」

「古巴目前還是維持著和平狀態。」死鬼思忖道。

「那隨便去哪都行！伊拉克或是巴基斯坦！我寧願再去闖一次琛哥的地盤！」除了警局，管它是哪裡的龍潭虎穴我都去。

「我的計畫接下來就是要去警局，如果你不去，那就只能中斷。」死鬼面無表情，完全看不出來計畫斷頭對他會造成什麼麻煩。

「那你自己去不就行了？那地方太危險了，我還是不去的好。」我努力勸說死鬼打消這個念頭。

死鬼嘆了口氣道：「我也跟你說過，我沒辦法進入警局。我想如果跟著你進去可能就沒問題了，因為在你身邊我才會有實體化的力量。」

我結結巴巴說：「你要去警局做什麼？不會真要去看看老同事吧？」

「我要回緝毒組，我必須看看他們在我死後，是否掌握到什麼證據。」死鬼說得簡潔。

「這……」我絞盡腦汁，還是想不出理由推託，「那我要怎麼進去？總不可能就讓我這樣大搖大擺走進去吧！」

「警局的一樓是派出所，樓上是刑事局，只要能進入派出所，我應該就能自己到樓上了。」

「只進去派出所啊……」我思考著，「只要能進去就行了嗎？」

「應該是。」

如果是派出所，我倒是也來來回回好幾次了，基本上員警只不過會恫嚇你罷了。

我想了一會兒，開口道：「好吧，這應該沒問題。」

死鬼詫異於我答應得這麼快，問道：「怎麼回事？剛剛還死活不願進去，現在突然就答應了？」

我好笑道：「哼哼，那些派出所員警嚇不倒我的，我才想說好久沒去拜訪他們了咧！是時候去晃晃，省得他們忘記我了。」

死鬼面露無奈地看了我一會兒，才道：「這次就隨你去做，畢竟也是應我的要求，不過別做得太過火。」

「放心啦，這我已經熟能生巧了，你就看著吧！」我自信滿滿地道，「事不宜遲，我們快走吧，我真是迫不及待要見到他們了。」

遠遠地見到警局大樓，我簡直按捺不住雀躍的心情。向來我對於警局都是避之唯恐不及，今天卻能正大光明地進去，反正我是在幫死鬼嘛，做了什麼我都不會愧疚。

「你很開心嘛，看不出來你這麼討厭警察。」死鬼譏諷道。

「哈哈，條子……不，是警察叔叔伯伯們可是人民公僕呢，維持社會治安和掃蕩犯罪這麼辛苦，我怎麼會討厭他們呢？」

說著，已經到了警局門口，我一個轉彎往旁邊走去。死鬼道：「你要去哪？不會是臨陣退縮了吧？」

「不是。」我走到門口的一面牆邊，拿出我書包裡必備的傢伙，「我要讓他們出來請我進去。」我拿起噴漆開始往牆壁上塗鴉。

說起我的技術，可是長久在學校裡練出來的，我可以在腦子裡直接設計、打稿，一切自學而成。比起那些街頭塗鴉，絕對是有過之而無不及。

許多路人經過，都停下來議論紛紛，但我義無反顧地繼續畫下去。漸漸地，人潮越來越多，我可以聽到他們對我的塗鴉的讚嘆，對於我在警局門口塗鴉的行為，簡直當英雄般地崇拜了。

「想不到你還有這門手藝。」連死鬼也稱讚道，「塗鴉藝術就我所知並不是隨便塗塗寫寫就好了，而是要經過專業美術設計訓練，過程是非常嚴謹的。」

我瞄了他一眼，小聲道：「你才知道我的厲害。」

我算算時間，員警們也該發現自家大門外的騷動了吧？

這時，怒吼聲傳來，人群一哄而散。我丟下手上的噴漆看過去，一名員警站在門口對我怒目而視。

「又是你這兔崽子，才想說你最近比較安分，結果竟然跑到這裡來鬧！」那名胖警察我很熟悉，之前我來過幾次，承辦我的「業務」的都是他。

我乖乖跟著他進去警局，一邊觀察死鬼的狀況。他遲疑了一會兒，踏進了警局大門。他的身影閃了一下便順利地走進來，並未如我想像中一樣被彈飛出去。我向他比了個勝利手勢，示意他快去，我在樓下拖時間。死鬼輕輕一笑，向我點了點頭，就往後頭走去。

我在老位子上坐下來，開始做筆錄。我想死鬼要找資料應該需要一些時間，因此警察問我話時，我故意連名字也不說，扯東扯西。

那警察被我氣得吹鬍子瞪眼卻也無可奈何，雖然他知道我的名字，去調其他檔案也會知道我的資料，但做筆錄我不開口他沒辦法建檔。

正當我忙著和他鬥智鬥力時，瞥見死鬼從後面走了出來。我心下一驚，他的動作也太快了吧，這麼快就查出來了？

死鬼走到我旁邊道：「我沒辦法上去，離你太遠我根本動彈不得。」

我才注意到死鬼臉色蒼白……雖然本來就很白，但這時已經白到發青了，看起來很不舒服的樣子。

看來我也得跟著上去，但刑事局不是旁人沒事就可以去泡茶聊天的地方啊，難不成我要去犯個重大刑案嗎？這下真的麻煩了。

「沒關係，你已經盡力了，趕快做完筆錄離開吧。」死鬼安慰道。

可惡！我不甘心！都跑來這裡了，怎麼可以什麼都沒查到就離開？我努力思考，不理會那名警察大呼小叫。不過他實在太吵了，逼不得已，我拿出我的身分證讓他登記。這時，從皮夾裡掉出另一張東西，我撿起一看，原來是上次蟲哥給的名片。

這時，我靈光一閃，死鬼也和我對視發出會心一笑。

我抬起頭來大叫：「我要見緝毒組的蟲哥！」

那警察怒道：「什麼蟲哥不蟲哥的，趕快給我做筆錄！」

「我有重要線索要跟他說，他是緝毒組組長，我有他的名片。」

那員警半信半疑地接了過去，看了老半天還去問其他條子是否有這個人。隨後，他們撥了通電話。不久後，便看到蟲哥下來了。

蟲哥詫異問道：「你怎麼在這？」

我神祕兮兮地跟他說：「我有事要跟你講，是關於琛哥的。」

蟲哥神色一凜，向其他條子說道：「不好意思，這小鬼能不能先借我一下？他是重要的證人。」

那條子瞠目結舌地目送我離開。我跟著蟲哥上了電梯，而死鬼也跟著我順利地進去了，只是搭電梯時，他伸出一隻手放在我肩膀上。我取笑地看了他一眼，他則故作鎮定地看著鏡子中的倒影……當然不是他的倒影。

我懷著忐忑不安……應該說是既興奮又緊張的心情踏出了電梯。

刑事局耶，只有看新聞才聽得到的組織，應該是人人穿著西裝佩著槍，威風凜凜的樣子吧？大家一臉嚴肅地策劃下一次的攻堅行動，或是討論綁票案人質的營救。

……才怪！裡面放眼望去，跟一般的辦公室根本沒什麼兩樣！三三兩兩坐著幾個人，就像普通的上班族，每人都打著電腦，也不曉得是在處理事件還是逛拍賣網站。

「失望了吧？」蟲哥笑著說，「每個人第一次來都有相同反應。現在沒什麼人在，要是都到齊的話也是很熱鬧的。」

到齊又怎樣，還不也是一堆上班族？我暗嘆了一口氣。

蟲哥領我到一間隔出來的房間，道：「坐下來吧，這是我辦公室。」

死鬼湊到我耳邊說道：「你就跟他說吧，說越久越好。」說完，死鬼便移動到旁邊的檔案櫃，開始翻閱上面的文件。

現在天氣正熱，辦公室裡也沒什麼人，可能是為了節電，連空調都沒開，蟲哥辦公室裡也只開了電風扇。風吹得紙張不住翻動，死鬼翻文件在旁人看起來似乎也沒那麼奇怪。

「說吧，你想跟我說什麼？」蟲哥坐在位置上，一臉嚴肅問道。

完了，我本來只想跟他說，因為被逮到了所以想利用他脫身，或是我只是想參觀一下你們辦公的地方。但蟲哥這樣正經的表情，害我說不出來。我思忖了會兒，看了看死鬼道：「我上次會出現在那間酒吧是有目的的。」

蟲哥沒說話，示意我繼續說下去。

「你們緝毒組之前那位組長……殉職的那位，我認識他。」我偷偷瞄了下蟲哥的表情繼續說：「我曾經受過他的幫助，如果沒有他，我今天不會站在這裡。」我說的也沒錯，如果不是死鬼，我死也不會踏進這裡一步！

我抬起頭，只見死鬼瞪著我道：「在這種時候任何風吹草動都會引起關注，你竟然隨隨便便就說出來，你找死嗎？」

我用眼神示意道：沒關係啦。

一轉頭就看見蟲哥詫異地盯著我，我趕緊道：「對不起，我有點難過。」

蟲哥安慰我道：「我明白，組長的死讓局裡上下的氣氛一直很不好，大家到現在也都無法釋懷。」

「我知道他一直在調查青道幫，因此他的死和琛哥可能有關係，我才會潛入那間酒吧想知道到底是誰害了他，只不過沒打聽到什麼消息，還被逮到了。」我一臉悲痛地說著。

「不過，我在那邊埋伏時，倒是聽說，琛哥本來那天晚上預定要和某個人見面，那人可能是與警方相關的人物！」

蟲哥聽到這時，臉色大變。他壓低聲音道：「小聲一點，這可不能張揚。」

我點點頭。

蟲哥道：「那你有見到是誰嗎？我拿相片給你，你能指認出來嗎？」

我搖搖頭道：「很抱歉，我被抓到時那人還沒出現，我也不曉得他到底有沒有來。」

「這樣啊。」蟲哥失望地說：「沒關係，雖然你沒見到他，但我想應該有點眉目了。還有，調查刑案是警方的工作和任務，我曉得組長的死你也感到很悲憤，不過不要再這樣做了，這對你來說太危險了。」

「我知道，我已經嘗過一次苦頭了。」才怪！

死鬼翻動文件時發出了點聲響，蟲哥自然地往那邊看去，我趕緊問道：「那個……組長他生前是個什麼樣的人啊？」

蟲哥轉了回來，嘆道：「組長他是個好人。」

廢話！每個死掉的人大家都這麼說！

「他是個工作狂，常常為了案子忙到三更半夜，有時甚至直接睡在執勤室。他是個十分謹慎的人，我常常因為報告寫錯被他罵呢！」蟲哥邊說邊不好意思地摸摸後腦勺。

這我一點都不意外，這傢伙看起來就很兩光，應該是自找麻煩的那一型。

「而且組長總是板著張臉，不過我想他應該沒有外表看起來那麼難以接近吧？」蟲哥雖然這麼說，不過好像也不太確定的樣子。

死鬼在蟲哥背後陰森森地對著我道：「你管太多了。」

我悄悄對他比了中指，這死鬼一定是怕有什麼醜事被我挖出來！我興致勃勃地問蟲哥：「還有呢？他有沒有什麼奇怪的癖好？」

蟲哥想了一下說：「應該沒有吧，組長的興趣應該就是工作，專長應該也是工作，休閒活動……也是工作。總而言之，是個只有工作的男人。」

死鬼惡狠狠地瞪著他，可惜蟲哥看不到。

蟲哥還不知道大禍臨頭繼續說：「不過，組長的女人緣很好，局裡只要是女的沒有一個不哈他。就算是男的，聽說也有幾個很……呃，很欽慕組長。」

我非常辛苦地才憋住沒笑出來。

「不過恨他的人大概也不少，多半是因為女朋友被組長勾引走了……而且，聽說組長的私生活其實非常多采多姿，主要也是受歡迎吧。

「大家都猜說其實組長是悶騷型的，雖然平常不苟言笑，講話又夾槍帶棍，但對女朋友應該很好很體貼，所以才可以把他的後宮治理得服服貼貼。」蟲哥八卦地道。

死鬼「失手」將一個資料夾不偏不倚地掉在蟲哥頭上。蟲哥撿起資料夾，若無其事地繼續說死鬼有多受歡迎，連號稱警界之花的某某某也暗戀他。

關於死鬼的看法，他倒是跟我不太一樣。死鬼的話還挺多的，雖然大部分都是在譏諷我，但好像也不是蟲哥說得那麼不近人情。雖然常嚷著麻煩，不過其實有點雞婆。對於女人嘛，他看起來就是一副禁欲的樣子，不過最近看起來沒這麼冰冷了……

見我瞧著他，死鬼淡淡地瞄了我一下，接著竟然開始敲鍵盤入侵蟲哥的電腦。他光明正大地緩慢按著鍵盤，幾乎沒發出聲音，就算有些喀答作響約莫也被電風扇馬達聲蓋住了。蟲哥講得興高采烈，完全沒發現放在手邊的鍵盤正在沒人的狀況下打字。

「至於組長的私生活，我倒是不太了解，組長絕口不提他的私事，不過我也猜組長應該有很多女朋友。」

呿！我想聽的不是這個！這時，蟲哥的電話響起，他連忙跟我說：「不好意思，我接個電話，你自己隨意。」

既然他說隨意，我就把這當自己家一樣。我走出辦公室，死鬼已經在翻外面無人桌子的資料了。

「怎樣？有找到什麼嗎？」我低下身體，用辦公桌上的一堆堆資料夾作掩護小聲問道。

「還沒找到有用的資料。」死鬼邊翻邊說。

「喂，你該不會對於女人很有一手吧？」我問出從剛剛就念茲在茲的疑問。

「無可奉告。」死鬼淡然道。

我啐了一聲，這種含糊其詞的回答讓我聽了更不爽！突然看到辦公室裡的幾個人都疑惑地看著我，我趕緊直起身體說明我是來找蟲哥的，並「隨意」地問起他們對前組長的看法，發現大家對於死鬼的認知都一樣。

「組長是個工作狂，腦子裡只有工作。」第三個人這樣說了。

「組長人很好，雖然他搶了我的女朋友，也不能算是搶啦，是組長太招蜂引蝶了……」那為何你還咬牙切齒的？

「嗚……」我無奈地抽了張面紙給這位哭得花枝亂顫的女警。

死鬼面無表情地翻資料，放任我到處打聽他的隱私。我見蟲哥已掛掉電話了，便又走進去坐下來，假裝不經意地問起：「你們最近有什麼進展嗎？琛哥那邊的。」

蟲哥邊找東西邊說：「沒有，我們至今還是沒辦法掌握確實的證據，雖然聽說最近會有一筆大交易，不過還不知道確切日期地點。」

我暗嘆一口氣，有這種天兵的部下難怪遲遲無進展，隨隨便便就把調查機密跟外人說了，要是琛哥那裡派個人來，整個緝毒組就可以直接賣給他了。

我正要開口問詳細一點，蟲哥猛地站了起來，立正行禮大聲道：「局長。」

我向後瞧，是一個外表看起來很普通的中年人。那人身材高大，背挺得像槍桿子般，表情嚴峻富有威嚴，穿著筆挺的制服，仔細一看還是個三線三星的咧！

蟲哥向局長簡單解釋了我的身分，說我是關係人，還和前組長頗有淵源。

局長沒說什麼，但看起來有些驚訝，對我點了點頭便叫蟲哥跟他過去。

蟲哥出去之後，死鬼看著門口，淡然地道：「我曾經的目標就是穿上那套制服，甚至爬到更高，為此我日以繼夜地工作，忽略了生活。遺憾的是，直到現在，在我死後才明白汲汲營營的自己多麼愚昧。」

我不太了解死鬼那種壯志未酬身先死的感慨，而他也不會表現出來。我猶豫了片刻，還是悄悄拍了拍他的背。

死鬼轉過身來正想說些什麼，蟲哥匆匆忙忙像一陣旋風颳了進來。

「唉，那青道幫一天到晚生事，現在高層也很關注他們的動向，害我整天被釘……」

蟲哥邊粗魯地翻著東西邊碎碎念，抽起了一疊文件又要衝出去，到了門口時他探頭回來，露出個媲美黑人牙膏廣告的閃亮笑容，說道：「你等我一下，我交個資料就休息了，我們一起去吃飯吧！我請客。」

有免費的我當然義不容辭，馬上應好。等蟲哥出去之後，我得意地跟死鬼說：「太棒了，賺到一頓飯！對了，你還要找什麼嗎？」

「無妨，也查不到什麼東西了。」死鬼冷淡地說。

我登時覺得有些奇怪，他看起來心情很不好，雖然一樣那副嘴臉，但我可以感覺到他周圍瞬間生成的低氣壓。我沒多想，興沖沖地跟著蟲哥出去了。

蟲哥雖然有些呆頭愣腦，不過人很好也很健談，在吃飯這段時間，他一直不停說話，這時他看起來不太像是警察，更像是鄰居大哥，還是非常陽光的那一種。

這頓飯吃得非常愉快，我幾乎都忘了他是警察了。而死鬼從頭到尾都一直擺著張死臉，也不曉得他在鬧啥彆扭。

回到家，我幫賤狗清了大便後就和死鬼一起帶著牠去公園散步。當賤狗興奮地挖著土時，我小心翼翼地問死鬼：「你心情不好？因為沒找到有用的資料嗎？」

「不是。」死鬼回答得非常簡短。

聽到他生硬的回應，我也覺得不太爽。「那是怎樣？你大姨媽來了喔？」死鬼盯著我看，眼光幾乎要把我射穿了。我避開他的目光罵道：「怎樣！我又沒惹到你！」

他沉默了會兒，然後才開口道：「這幾天我會離開一陣子。」

離開?!死鬼竟然會自己說要離開，難道是要去投胎了？我慌忙問道：「怎麼了？為什麼要走？難道是你的時間到了嗎？」

「你剛剛在警局應該也聽到了，小重說最近會有一筆大交易吧，我決定就算不能抓到殺我的凶手，也一定要毀了琛哥的交易。」死鬼森然道。

我心中一震，死鬼之所以處心積慮想對付琛哥，他之前說了是因為琛哥傷害了我，雖然他這麼重情義我是很感動，但……

「你確定嗎？琛哥他可不是省油的燈，上次他沒能殺了你，這次再被抓到一定會被他搞得魂飛魄散！」我焦急說道。

「你放心，我不會自尋死路，只要不被他發現就好。」死鬼堅定地說。

「可是……」我還想說服死鬼不要做傻事，「還是太危險了，我們要不要去弄些傢伙來？之前你也說過你知道哪裡有黑市私下交易的地方，還是去弄些來吧，要不然我們這樣手無寸鐵太危險了。」

「不用。」死鬼盯著我道：「這次你不能去。」

我說不清這時心裡的感覺，就像是多年的老戰友出賣了你一樣，有種被拋棄的錯愕和憤怒。

「為什麼？」

「因為危險。我之前也說過，要繼續搜查可以，不過我絕對不會讓你再陷入危機，這次我可以自己做，你在的話反而行事不方便。」死鬼冷漠地道。

我明白他說的是事實，如果要去跟監，的確死鬼一個人去簡單多了，反正別人看不到他。

我老半天說不出話來，努力地用理智思考，但情緒總是會將理性淹沒，結果腦袋還是一片空白。

死鬼長長嘆了口氣道：「我曉得你現在心裡一定有諸多不滿，但還是請你體諒。殺警察不是小事，只要逮住琛哥，應該就能知道下手的是誰。」

我沒說話。死鬼伸出手來摸了摸我的頭頂，被我用力揮開。良久，我才說道：「如果有什麼麻煩，記得說一聲。」

「我會的。」死鬼低聲道，聲音非常誠摯。

「不管怎麼樣，一定要再回來。」

「一定。」

我們坐在暮色中，看著逐漸拉長的影子。

Chapter 7

去吧！007

看到只有我帶牠去散步，賤狗又發出不滿的聲音。

我邊使盡吃奶的力氣拉牠邊罵道：「你這死賤狗，我帶你去有什麼不好？你別以為我和你是同等級的，我供你吃住你就應該聽我的！」可惡，狗和主人一樣顧人怨！

當天只有我一個人牽著賤狗回家，死鬼直接離開了。我盡量不去算過了多久，而這些天來，死鬼一點消息也沒有，甚至不知道他是否還在這世上。我努力說服自己不要太悲觀，因為他說了會回來。

這幾天我過得非常安穩，不用擔心會有人叫我去出生入死，也不用提心吊膽DIY時被打擾……呃，有賤狗在……反正日子非常逍遙愉快，空間也變大了，沒想到少一隻鬼會有這麼大的差別。

只是人都很犯賤，過習慣的日子就算再痛苦也不會輕易忘記，就像犯人一樣，被關在狹小的囚室中幾年，出獄之後，卻沒辦法習慣自由的生活。我想，我就跟犯人一樣，不習慣只有自己一個人的日子。

那個混帳！起碼也回來報個平安吧！又不是二十四小時要盯著他，琛哥也需要睡覺，難不成怕他趁睡覺時賣毒品給周公喔！

離開也就罷了，還留了個拖油瓶給我！我死命拖著賤狗不讓牠去襲擊垃圾桶，省得我又得幫牠洗澡還被咬得滿身傷。

死鬼離開的第二天我就開始去學校上課，而忘了之前的考試還鬧得沸沸揚揚，所幸這點芝麻屁大的事很快就被遺忘了，一切風平浪靜。

總而言之，我的生活恢復了在遇見死鬼之前那樣，應該是我所熟悉的日子，卻莫名感到空虛。

其實對死鬼的所作所為，我一直懷抱著一種崇拜，雖然我從沒說出來，但就像小時候會想當超人或蝙蝠俠一樣，我對警察也曾懷有一份憧憬，總覺得當個懲奸除惡的警察是很值得驕傲的事。

只是曾幾何時，我的思考和行為都慢慢變質了。我一直渾渾噩噩地生活著，從不在乎別人的感受，從不考慮自己的存在意義。

跟著死鬼東奔西跑這幾天，我雖然抱怨不停，其實心裡很滿足。我不知道是否是逞英雄心理在作祟，但有一個真正需要自己的人出現，似乎才覺得自己的存在有了價值。

正當我恍神的時候，賤狗又發春了，一直對著旁邊不知性別的狗狂吠，一副急色的樣子。我都忘了還有隻賤狗……

我提著一袋牠的大便牽著牠回家，覺得現在自己就像是獨守空閨的怨夫一樣，每天等著老婆下班回家……等等，這樣我不就變成吃軟飯的小白臉？靠！可惡的死鬼！

回到家時，早已日落西山。甫一進門，便感覺到有股熟悉的氣息，連賤狗也感覺到了，高興得橫衝直撞。我連忙摸黑開了燈，等那微黃色的燈光將室內照亮時，我卻什麼也沒看到。

「死鬼！你死去哪了？你在吧？」我扯開喉嚨大喊，可是沒有回音，只聽到賤狗的叫聲。

我無法阻止心中的失落，粗魯地將賤狗趕去陽臺，牠不甘示弱咬了我兩口，我只好放任牠在房間裡胡鬧。

我洗了澡，躺在床上發呆。等我發現到我翻來覆去，竟然是一直擔心死鬼時，想到他時常掛在嘴角的輕蔑的冷笑，又開始火大起來。虧我之前還覺得他講義氣，沒想到也是渾蛋，等我沒利用價值了就丟了，一點也沒當我是朋友！

我越想越煩，從床頭櫃拿了遙控器就要開電視。隨著我的動作，一張紙從櫃子上飄落，那是半張日曆紙，在我出門前所沒有的東西。

我的心裡突然往下沉，丟掉遙控器，緩慢地撿起了那張紙，小心翼翼地深怕會折損了任何可能的痕跡。翻到背面，那上面有著微乎其微的畫線，我開了床頭燈，還因為過於慌張差點弄倒了燈架。

我仔細一看，上面寫了字，字跡歪歪扭扭，還有寫到一半筆脫手在紙上畫出來的痕跡。

琛哥今天晚上會在PA1149交易，通知小重，你不准過來。

死鬼是如何寫出這些文字的？從上面看得出來他應該是實體化，但可能不太順暢，所以筆會脫手。

他為什麼不直接來找我？死鬼說過就算沒看到我也可以感覺我的存在，為什麼不來距離不過數百公尺的公園找我？難道是怕我硬跟過去，所以連在哪裡都不願說清楚？

我想問蟲哥他應該也不會說PA1149是啥，死鬼這樣寫應該就是他們局裡用的代號，反正只要跟蟲哥說了就知道是吧？

我拿出手機，開始撥號。可是一直按錯號碼，連撥了三五次都這樣，我才發現手在顫抖。

……蟲哥不一定會相信我所說的話，到時候，死鬼就要孤軍奮戰了。他一定會拚了命也要搞破壞，而琛哥又是違法開外掛的大魔王，死鬼怎麼有辦法對付他？

我忽地想起，我之前曾問過死鬼，後不後悔當警察。如果他不當警察，而是選擇其他任何一種行業，我想他現在應該還活得好好的，說不定會交個漂亮的女朋友，然後結婚生子，年紀大了就過著含飴弄孫的安詳生活……

「我的確有過這種想法。」

死鬼當時的聲音聽起來平穩低沉，沒什麼情緒起伏。

「但我無法預測不存在的未來，也無力改變已經發生的事實。可是我能確定的是，一路走來，我從沒做出讓我後悔的決定，就算這決定讓我失去生命，我也不會回頭。」

我的回憶中，我做了很多會讓自己後悔一輩子的決定，也許我一生終究會在懊悔中度過。審視我的過去，還真的沒什麼值得驕傲的事。

死鬼他堅定自己的立場，相信自己的每個決定都是經過深思熟慮的，所以他不後悔，即使犧牲生命。

我當然不想做出可能會讓我去見祖宗的決定，但是……無論如何，我如果不去找死鬼，我一定會後悔一輩子！

這念頭一冒出來，我以前所未有的敏捷動作跳起來，我可以想像死鬼見到我時，八成會大罵「你這白痴」，但就算他再怎麼罵我，我也是去定了。

剛一觸到門把，我才想到我根本不知道他在哪裡，我也不像他一樣有特殊感應；他能感覺到我的存在，而我卻不能。

難道要問蟲哥？幫派交易的現場怎麼可能跟一般民眾講？他要是告訴我，那還真是連警察都不用當了，直接掛牌子寫上「我是世上最痴呆的人」，然後就可以報名金氏世界紀錄了。

我苦苦思索著，頭一轉發現賤狗正在嗅聞那半張日曆紙，發出嗚嗚的聲音，就像平時向死鬼撒嬌那樣。

我像發現新大陸似地衝向牠，大聲問道：「賤狗，你認得死鬼的味道嗎？」

「噢嗚！」賤狗回答。

「你能找到死鬼在哪嗎？」我又問。

「噢嗚！」賤狗回答。

「好，我們走！」

我跟著賤狗一起跑出家門，心想著牠要是能帶我找到死鬼，以後要我叫牠 007 或是詹姆士龐德我都接受。

這時正是下班時間，路上車水馬龍，路旁熙來攘往，我們一人一狗在路上狂奔自然受到不少阻礙，也引起很多人的注意。

我邊跑邊叫：「快閃開，這隻狗有狂犬病！被咬到不負責！」

這果然有用，我一喊出來，前面的人群就快速地讓開一條路。賤狗一路跑，從沒停下來過，除了遇到紅燈。牠非常守法，一定會停下來等綠燈時才過馬路。只是我很疑惑，狗不是都有色盲嗎？

跑了不知道多久，我已經累得像狗一樣了……不，連狗都不如，賤狗依然精力充沛地衝刺，我不由得開始佩服牠，年紀一大把的老狗竟然能跑這麼快。不過我已經受不了了。

我氣喘吁吁地道：「等、等一下，我快不行了，再、再跑我都要心臟病發了……」

賤狗停了下來，兩顆綠豆般的小眼睛從皺紋下看過來，目光如電。

剎那間我被震懾住了，賤狗這時看起來簡直像個人般，威嚴莊重，在牠面前我完全無地自容。然後一陣咕嚕聲傳來，賤狗放了個超級響屁。放完之後，賤狗對著呆立原地的我輕蔑地從鼻子出氣，意思大概是：連屁都不如，小鬼！

媽的，竟敢瞧不起我！

我怒火沖天地大罵：「死賤狗，有種就繼續跑，我就不信會跑輸你！」

我一說完，賤狗便轉身，尾巴一揚開始飛奔。我咬牙跟著牠，一直跑到我不認識的地方，而我也沒有心情去認這是哪裡，只是跟著牠。

漸漸地，迎面的風有了海水鹹鹹的味道。

不會吧，不會是在碼頭吧？這也太老哏了，為什麼黑社會交易火併的地點都是碼頭邊啊？每一部電影黑幫都會在碼頭做生意，是因為殺人棄屍比較方便嗎？

等我看到眼前出現一座座的貨櫃倉庫和起重機時，更加確定了這裡是港口。

今天並不是個月黑風高的夜晚，而無人的碼頭邊也不如想像中安靜，海水一陣陣沖刷在防波堤上，路燈也明晃晃的。我對著停下來的賤狗問道：「喂，真的是這裡嗎？你該不會不知道在哪，所以隨便帶我來這裡敷衍我吧？」

賤狗不屑地從鼻子噴出一口氣，我不知道那代表什麼，現在當務之急是找到死鬼……靠！我忘記打給蟲哥了！

我趕緊掏出手機撥號，等待他接電話的時間簡直就是煎熬，似乎遲了一分一秒都會造成什麼無法挽回的事。

「喂？」終於接了，蟲哥聲音聽起來像是剛睡醒，竟然這種時間就在睡覺，真是散漫！「媽，我等一下要值勤，妳晚點再……」

「誰是你媽！」我大吼，電話中傳來一陣乒乓聲，看來弄掉不少東西。「蟲哥，是我，我知道了琛哥的交易地點，就是今天！」

「什麼！」蟲哥的聲音聽起來相當慌張，「在哪？什麼時候？」

「代號 PA1149……喂？喂喂喂？」突然什麼聲音都聽不到了，我一看，原來是我的手機沒電了！媽的，我暗罵一聲，不知道剛剛蟲哥有沒有聽到我講的地點。

我開始尋找公共電話，可是這裡放眼望去只有一座座高聳入雲的貨櫃山，去哪找電話？

這時，我聽到遠處似乎有聲響，和浪潮聲混在一起，聽得不太真切。我躡手躡腳往聲音方向走，用貨櫃當作遮掩。隨著我的靠近，開始見到遠處有人影，而且為數不少，看來真是這邊了。

我背靠著貨櫃，牙關不住打顫，雖然我已經盡量放輕動作了，但站在貨櫃之間，心跳聲大得似乎都有回聲了。

不知何時，賤狗已經跑不見了，本來想說牠在旁邊還可以壯壯膽子，說不定在黑暗的夜晚敵人看到賤狗凶神惡煞的模樣，會自己繳械投降？哈哈……哈……

這裡的貨櫃是分區擺的，區與區之間的劃分相當清楚。我已經走到這區的最後一堆貨櫃了，要移動到下一區，會經過中間一大片毫無其他遮蔽物的廣場，而廣場上燈火通明，貿然走過去一定會被發現。

我躲在陰影中，計算著可能的下場。

第一：被打成蜂窩，然後丟到海裡。

第二：被作成水泥塊，然後丟到海裡。

第三：還是丟到海裡。

操你媽的為什麼黑道都要在碼頭旁邊交易談判啊？那內陸的黑幫怎麼辦，他們沒有港口就不能拍電影了嗎！

杵在這裡胡思亂想也不是辦法，不靠近我永遠也不知道他們在做什麼。雖然心裡想得很英勇，兩腿卻不斷發抖。冷靜點，只是這裡風太強而我又穿太少了！真的不是錯覺，好像越來越冷了。

倏地，我感覺到後方一股視線，簡直要燒穿了我的背！等等，我背靠著貨櫃啊！正當我要轉身時，從後方黑暗裡伸出一隻手，剎那間捂住我的嘴，另一隻手箍住我身體將我往後拖。

我奮力地掙扎，耳邊突然傳來熟悉的聲音：「安靜點！」

我渾身一震，認出了聲音。我停止掙扎，順從地跟他進了貨櫃裡。

關上貨櫃門，只留條縫隙讓燈光透進，我掙脫了他的手，回頭就罵道：「夠了，你要悶死我啊！」我沒特意降低音量，這貨櫃裡塞了滿滿的貨物，因此不用怕會有回音。

在我身後果然是那個可惡的死鬼，他正一臉大便地瞪著我。

我被他瞪得有點畏縮，但心想我又沒做錯事，便挺起胸膛，理直氣壯地說：「看、看三小啦，我是擔心你才來的，誰叫你不聯絡！」

「我不是留了字條嗎？還特別註明了叫你不要來。」死鬼陰沉道。

「我來都來了，你要叫我現在回去嗎？」我回嘴道。

「白痴，你以為今天會像之前一樣那麼容易脫身？外頭滿滿的幫派分子，每個人身上都有武器，你有什麼？嘴砲？」死鬼冷冷道，不等我反駁又說：「是小重跟你說的？我還特地用代號就是怕你不要命跑來，那個白痴竟然……」

我連忙道：「不是蟲哥說的，是賤狗帶我來的。」

死鬼懷疑地看著我：「是007？那牠在哪？」

「我怎麼知道啊，牠帶我來這後就跑得不見狗影，八成又被哪隻母狗吸引走了，碼頭旁野狗最多了。」

「算了，你躲在這裡不要出去。小重到底在做什麼？半天了還沒看到支援。還是他不相信你？你只要說了代號他就會知道是這裡，那是內部專用的，他應該會明白你不是隨口胡謅。」死鬼問道。

慘了！我結結巴巴說：「那個……我剛剛打給蟲哥時，不知道他有沒有聽清楚，講到一半我的手機就沒電了……」我的音量越放越低，心中責怪著自己太蠢，竟然會忘了打電話。

死鬼愣了一下，安慰道：「無妨，我也設想到這個情況。你就算跟小重說了，他也不見得會相信。不是你的錯。」

停止對話後，氣氛變得沉悶，似乎連空氣都停止流動了，濃重糾結得讓人呼吸困難。一直保持在高度緊張的神經，這時猛然鬆懈下來，本來積壓在心底的話卻說不出來。

「你不該來的，這裡的危險不是你所能想像。」死鬼低聲道。

「我知道，但……」我擔心你，怕你白白丟了小命，死一次已經夠慘了，不應該再一次。「為什麼不直接跟我說？」

「如果知道你會來，我甚至連傳話都不會叫你做，誰知道我忽略了007的能力。」死鬼看起來很後悔。

「那字條你怎麼寫的？」我問。

死鬼沉默了會兒，說道：「你在附近……」

「什麼？」我沒聽清楚。

「房間裡有你的氣息，而我也清楚感覺到你就在附近。因此，還是能暫時保持能力。」

我正想說些什麼，登時一陣巨大的聲響傳來，劃破寧靜的空氣。

雖然這聲音我沒聽過，但我也知道那是槍響，而那就像是信號一樣，接二連三地四處都有槍聲響起。

「有狀況！」死鬼拉著我跑到了貨物後面，低聲道：「應該是談判破局，勢必會有很多死傷。不要出來，爬到上面去趴著……不，把上面的箱子拆開躲進去，無論如何都不要出來。」

我抬頭一看，貨物直堆到高聳的天花板，藏在那裡的確很難被發現。死鬼說完便轉身要走，我扯住他：「你呢？」

「我要去逮琛哥。」死鬼毅然決然道。

「沒關係，不要去惹琛哥了，他那奇怪的能力對你也很危險。反正你的死不一定跟琛哥有關，隨便抓個嘍囉來問也一樣！」我焦急地說道。

我有不好的預感，這次要是沒能先制住琛哥，死鬼大概就……

死鬼搖頭道：「現在已經不只是我個人的復仇問題，我生前花了那麼多時間就是為了要將他緝捕歸案，就算我死了依然不想放棄。而那機會就在眼前，這是我必須執行的任務，也是我必須完成的心願。」

「可是這值得讓你這樣犯險嗎？如果因此魂飛魄散……」我仍努力想說服他。

「你覺得一個人最重要的是什麼？」死鬼沒頭沒腦地問了一句。

「呃……命根子？」我遲疑地回答。

「你再想想我說過的話。」死鬼難得耐心地跟我說。

我仔細一想，頓時有些了解了。

有時候，男人犧牲生命也要維持尊嚴或夢想，那是一種對生命態度的體現。雖然這只有在電視或漫畫上才看得到……也未免熱血過頭了吧！

不過身為男人，我能了解他的心情，我也有就算付出性命也要保護的人。

我知道再阻止也沒用，只能抓著他的領子說道：「那你自己小心，不要跟琛哥硬碰硬，要是琛哥拿了什麼奇怪的符出來你就……呃，打不過，就跑……你要是死了，就是個沒腦袋又沒種的男人！」

他輕聲笑了出來：「會笨到找死的只有你而已，我跟你可不一樣。」

死鬼抓著我的手放下，轉身離開。我看著他的背影穿過貨物堆，一下子就消失了。

我呆立原地許久，突然一個極為接近的槍響才讓我回過神。我慌忙爬上貨物堆，踩著突出來的地方往上爬。爬到一半，我都要懷疑是不是在爬一〇一了，沒事堆那麼高做什麼啊！

好不容易攻頂，只差沒有旗子讓我插在上面。我趴在貨物堆上，從貨櫃門縫中窺探下面的情形。

只希望死鬼不要做傻事，雖然他說過不會找死，但從他剛說的話聽來，我想他一定會拚盡力量放手一搏。

槍聲此起彼落，一聲一聲地越來越近。然後門口那裡一道人影閃過，我忙低下頭，藉著箱子的遮掩偷看。

那人走了進來直接躲在門旁，一邊舉著槍一邊觀察著外面的動靜。又一人的影子出現在門口，就在他踏進來時，躲在門旁的人就是一槍！

那人倒地，躺在地上抽搐了一會兒便無聲無息了。我眼睜睜地看著眼前的情景發生，我並不想看，但人卻呆住了無法動彈。

我捂住嘴翻身躺著，眼睛緊閉，想忘掉剛剛看到的東西。

這是我第一次看到一個活生生的人就死在眼前！

我心裡極為震撼，沒想到一條生命的消逝是如此迅速且微不足道。

那些人死前在想什麼呢？是否會後悔如此廉價拋售自己的生命？

想到這裡，我感到更加憤恨，死鬼只是盡他應盡的責任，為什麼他就得承受這種命運？

陸續又有人進來將貨櫃當成偷襲地點，依照之前的模式，後來進來的人幾乎無一倖免。槍聲一直在貨櫃裡迴盪，空氣劇烈地震動，連耳膜都發痛了。

這對我來說實在太刺激了，根本不是在我這個年齡甚或身分所應遇到的事！

幫派械鬥應該只存在於電視裡，而電影的情節，剛剛就活生生在我面前上映，如此地慘烈血腥。

我不曉得時間過了多久，只覺得度秒如年，唯一的希望就是這惡夢般的夜晚盡快結束。

PHANTOM

Chapter 8

決戰

AGENT

漸漸，槍聲變得稀稀落落，不時會傳來一、兩聲。而死鬼卻還沒有回來。實在太久了！我左顧右盼，一直沒看到他的影子。心中的不安越堆越高，幾乎要從喉嚨裡衝出來。到底怎麼回事？雖然死鬼千叮嚀萬囑咐我不能出去，但是這異常安靜的時候讓我更恐懼。

我慢慢往貨物堆旁移動，踏下去第一步時才發現腿抖得站不住了，我趕緊爬回去，不然一定會掉下去。我用力拍打不爭氣的四肢，等顫抖趨緩時才又繼續動作。

爬下去似乎比爬上來要難得多了，我不時得停下來，雙手雙腳都緊攀附在貨物堆上，從背後看一定很好笑，八成像隻大青蛙。

在到達門口前，我已經跨過兩具屍體了，而門口那裡看起來更多！我背靠著貨櫃壁，眼睛死盯著天花板，摸索著走了出去。

當我看到貨櫃外面的情形時，一陣腿軟跌倒在地上。雖然沒有到屍橫遍野、血流成河，但也不遑多讓了。

廣場上三三兩兩地散落著屍體，舉目所見，竟看不到一個人是站著的。海風呼嘯吹過，卻吹不散空氣中瀰漫的濃濃血腥味。

我一個反胃，扶著牆嘔吐起來。吐到胃裡什麼都沒有了，還不停乾嘔，噁心感無法去除。我強忍著，不斷吞口水防止胃液再度上湧。

我扶著牆顫巍巍地撐起身體，全身充滿著由內心深處散發出來的虛軟感。再怎麼血腥屠殺的電影都看過了，但身歷實境卻是截然不同的感覺。

我蹲下摸走了一具屍體手中的槍，那沉甸甸的重量讓我險些拿不住。我本想塞在褲子裡，但我不會用保險，要是槍走火我褲襠裡的東西可就完了，只好將那奪走在場的人性命的凶器拿在手上。

很抱歉，我喃喃自語著。我沒時間確認地上那些人的生死，對我來說，有更重要的事。

走過寬敞的廣場，我現在不擔心會有人跑出來拿機關槍掃射，反而感覺像走在墳場一樣，陰森詭異。

海風吹過的聲音像是這些人發出的嘶吼，我只好邊念阿彌陀佛邊畏畏縮縮穿過去。真後悔沒背一些《九陰真經》還是《葵花寶典》的，不管什麼都好，只要念了讓我不會害怕就行！

我到達另一個貨櫃區，當時看到那些幫派分子就是在這裡，我想死鬼也應該會在這附近，但我又不敢大聲喊他，正當我提心吊膽地貼著貨櫃走時，突然肩膀上壓下一陣力道！

「阿娘喂啊！」我不顧形象地跳了起來，不知道是哪位好兄弟來找我談天啊?!

我回頭一看，差點沒被嚇死！是一張陰鬱恐怖的臉，而且奇形怪狀……咦？好像有點似曾相識？我後退一步仔細看，原來是我見過兩次的章魚兄！

他連忙拉住我，低聲道：「你怎麼在這？」

這種時候見到認識的人，簡直像見到了救星。我慌張說：「章魚……小章哥，你來了真是太好了，蟲哥呢？原來他有收到我的訊息，不過怎麼沒看到他？為什麼只有你一個人來？其他支援呢？」

想起可能有其他人在，我壓低聲音道：「剛剛發生槍戰，我看人都差不多死光了，我們快去逮琛哥！」

章魚兄神色緊張道：「我剛接到小重的電話，所以我就先趕來了，其他支援可能會晚一點。」

我不禁在心裡嘀咕，每次在電影裡，警察都是最晚到現場的，通常要等主角殲滅所有敵人他們才會出現。看來現實生活中的警察也差不多。

「都這時候了，琛哥八成不是逃了就是死了。」我思索道。

「我想，先在這附近巡一下有沒有殘黨埋伏，然後再抓起來問話。你跟我一起來。」章魚兄皺著眉頭說。「你手上那是槍吧？給我，小孩子不要拿那個。」

「好！」我點頭如搗蒜，把槍交給他。我巴不得跟著他呢，只要別叫我一個人待在這就好。

我跟在章魚兄後面走，心情與剛剛完全不同，雖然會想像自己如電影主角一樣，深入敵營直搗黃龍，但終歸是想像。而現在跟在正牌警察後面，就覺得安心多了。

可是一路走來，沿途都沒見到一個活著的人，我們也沒辦法分神去看是否有人活著，因為章魚兄說可能還有人躲在暗處。

驟然，聽到一陣像沖天砲發射的破空聲，顯得特別響亮。章魚兄使了個眼色，我們輕聲迅速地往聲音方向移動。

到了現場，安心與緊張同時湧了上來。心安是因為死鬼沒事，而緊張是他正在跟琛哥纏鬥！

那場面就像是林正英演的抓鬼片一樣，只是立場相反。

琛哥一手拿槍，一手拿念珠，口中念念有詞。死鬼則忽隱忽現，我發現死鬼隱身起來時，琛哥似乎也看不到他。看起來應該是死鬼占了上風，但他要攻擊時就必須實體化，而要實體化就不能隱身。

死鬼在旁邊散落的貨櫃和貨物間穿梭，迅速地衝向琛哥的位置。他輕盈地跳過一堆雜物，順著鋼條滑下地面，手中拿著一塊比炒菜鍋大一些的鐵板護在身前，上面凹凸不平，散布著子彈打出來的坑洞。

在死鬼現身攻擊時，琛哥總能準確找出他的位置，手上的槍和念珠逼得死鬼不得不後退。我躲在一箱雜物後看得焦急萬分，如果死鬼要拿武器護身就必須實體化，但這個時候隱身對他來說才是最安全的。而奇怪的是，死鬼為什麼會怕那把槍？

就在這時，琛哥開了一槍，死鬼一個沒注意，被子彈擦了下手臂，那裡隨即出現一個大洞，連衣服都燒破了，露出來的皮膚也燒得血肉糢糊。

子彈飛到離我不過幾公尺的地方，撞到貨櫃壁掉下來，我壓低身體跑去撿拾掉在地上的彈殼，赫然發現那極微小的表面上竟畫了繁複無比的紅色花紋。仔細一瞧，那不是花紋，而是符咒！我看得出來的字只有「左奪三魂右奪七魄」，其餘的花體字則是半點都不認識。

我不由得低呼出聲，心中暗自叫苦，原來琛哥平常身上也帶著驅鬼的道具！他還真以為他是天師嗎？

我一轉頭發現章魚兄看得目瞪口呆。我連忙跟他說：「快去抓住琛哥！」

章魚兄回過神來，一臉疑惑地問我：「琛哥……那是在做什麼？」

「他在跟死鬼打架！要不然是在起乩喔？」我說完才想起章魚兄看不到死鬼，「琛哥在跟你前上司打架，就是緝毒組前組長，他回到人間就是為了要逮住殺了他的凶手！」

章魚兄一臉驚恐道：「這、這怎麼可能！」

「事實擺在眼前，雖然你看不到他，可是我和琛哥都能看到！」我低聲說：「快去幫他抓住琛哥！」

章魚兄看起來還是有些遲疑，我連忙催促他：「快去抓住琛哥！只要抓住他就知道誰是凶手了！」

他這時才省悟過來，對我點了點頭，然後掏出槍來。趁著琛哥背對這裡時，章魚兄迅速站了起來，大叫：「不要動！要不然我開槍了！」

琛哥身體僵硬了一下，馬上停下了動作，舉起雙手作投降狀。

章魚兄喊：「慢慢地轉過來，把手中武器丟掉！」

琛哥照著做了，槍和念珠都丟在地上，慢慢轉過身。他的臉色絲毫看不出被逮捕的不甘，看到我時，還露出了個豁然開朗的冷笑。

媽的，這個王八羔子！我無暇管他，連忙衝出去看死鬼，章魚兄也小心翼翼地走向琛哥。死鬼捂著手臂，右大腿和近腳踝處也被射傷了。他看見我，露出欣慰的微笑。

「你沒事吧？」死鬼開口問，聲音裡是濃濃的疲憊。

「我怎麼會有事？有事的是你好不好！」我查看他的傷口，「好嚴重！怎麼辦？

我、我幫你包紮！」

「我是鬼，包紮了也沒用。」死鬼笑道。

「那怎麼辦？這會自動復原嗎？」我焦急問道。

「我也是第一次知道鬼魂會受到物理性的傷害，說不定明天就好了。」死鬼說道，臉上露出淡淡的微笑。

我知道死鬼現在的心情，一定是無比激動雀躍吧，畢竟他死去的真相就要揭開了，而這不僅是代表他的復仇成功，更對緝毒組大有幫助。他的堅持終於有了回報，重返人間一趟也不枉此行了。

我思索著要說些什麼話來虧他時，死鬼的臉忽地變得鐵青。我急忙問道：「怎麼了？傷口痛嗎？」

話音剛落，猛然發現死鬼的視線緊盯著我身後。我心中悚然一驚，似乎有種被刻意埋藏的想法正慢慢浮出。轉過身去，只見章魚兄依然拿著槍站在琛哥旁邊，但槍口正對著我！

突如其來的衝擊讓我動彈不得。剎那間，一切都明朗了。

章魚兄臉上露出詭異的笑容，說道：「想不到吧？兩個都不准動，另一個雖然我看不到，但琛哥只要一下令，我就開槍。」

「你……你就是內賊？」我咬牙說著。

「賓果！我和琛哥可是老朋友了，利益相關的老朋友。」章魚兄說著，一副貪婪噁心的嘴臉直讓我看了想吐。

琛哥好整以暇地站在一旁，說道：「沒想到你這小鬼竟敢跑到這地方來，勇氣可嘉。不過今天我可不會再輕易放過你了，你的鬼朋友剛剛毀了我的交易。我今天帶齊人馬，本來要將對方的貨全部吃掉，他卻搞得我的手下全軍覆沒……真是久違了，組長。」

看來本來的槍戰就是琛哥這一方想黑吃黑，卻被死鬼從中作梗，毀了他打的如意算盤。我看看死鬼，他臉色陰沉地盯著對面兩人：「沒想到內鬼竟然是你，小章。」

章魚兄想當然耳看不到死鬼，琛哥跟他說了兩句，他詫異地看著我旁邊道：「真的是組長嗎？你竟然從陰間回來了！」

白痴，看錯方向了啦！我在心裡咒罵著，後悔剛剛為什麼不多藏一把槍在身上，真不該輕易相信條子。

「那時從你背後開的那一槍，滋味還不錯吧？」章魚兄陰森笑道。

死鬼身體一震，臉孔瞬間變得猙獰扭曲。我渾身發冷，身上血液彷彿被抽乾了，只覺得頭重腳輕。

原來，殺了死鬼的不是青道幫的人，而是章魚兄！

雖然早已推斷警局裡有人洩漏情報和青道幫裡應外合，卻萬萬沒想到殺了死鬼的竟是一起共事的伙伴！

「我到現在還是不知道你這小鬼怎麼會認識組長，上次看到你從組長家大樓走出來，我本想抓住你好好問一下，可是被打斷了……後來竟然又在酒吧看見你，我就知道你這小鬼一定有問題。

「說起來你還得感謝我，上次在酒吧是我請琛哥饒你一命，看你是不是知道些什麼。琛哥那時對付的鬼魂就是組長吧？可惜我沒看到，要不然一定不會讓他活到今天。」

章魚兄滔滔不絕地說著，「後來你在醫院醒來，我假裝不認識你，在背地裡仔細調查，但卻查不出個所以然來。原來你和組長一點關係都沒有，至少在他生前。」

「你講完了？我記得你不是個多話的人。」死鬼冷冷道。

我勉強做了翻譯，章魚兄聽完笑道：「組長，你別怨我，如果你不要插手管那麼多就沒事了，但你這樣鍥而不捨地搜查讓大家都很緊張，所以我只能接受命令解決你。

「這可不是容易的差事，你是個防備心很重的人，我花了幾天跟蹤你都沒辦法得手，後來才想到利用你的線人。我把他騙了出來，再讓他把你引出來……」

聽到事情的始末，我不禁憤恨握拳。就為了你個人利益害死別人嗎？我心中充滿憤怒，他這樣害死了多少無辜的人，連死鬼也……我義憤填膺叫道：「你身為警察竟然和黑幫勾結！淪為黑幫殺手不覺得羞恥嗎？不，你連殺手都不如，充其量只是琛哥的走狗！」

章魚兄噁心地笑了笑：「寧為太平犬，不做亂世人。組長若再追查下去，只會掀起更大波瀾。我們和黑幫維持著岌岌可危的平衡，可不能讓組長打破了。」

他說完，才突然想到似地道：「我差點忘了，組長，冤有頭債有主，你要報仇也不應該找我，我只是負責動手的罷了。」

「什麼意思？那是誰主使的？琛哥嗎？」死鬼的聲音從牙縫裡一絲絲擠出來。

我轉述死鬼的話，也包含了他的怒氣。

章魚兄嗤笑道：「你想，只憑我一個人能做得了這麼多事？當然還有其他內應，而且不只一人。你以為所有人都跟你一樣，面對金錢的誘惑能毫不動搖？你錯了，任何人都不可相信。」

沒想到內賊竟然不只一個！我擔心地轉頭看死鬼，他壓抑著憤怒，連聲音都在顫抖：「還有誰？」

章魚兄陰險地笑道：「你沒機會知道了，你就和這個小朋友一起結伴上路吧，所有知道這件事的人都要死……」

猝然一聲槍響中斷了章魚兄的話。我渾身一震，腦子一片空白，他開槍了！死鬼也被震懾住了，死死盯著我看。

我慢慢低下頭去，等待痛楚蔓延……咦？沒有傷口？我左看右看也沒在身上看到湧出來的血。我看向死鬼，他的臉上也從呆滯變成疑惑。

我看向章魚兄，只見他嘴巴張得大大的，還是一副噁心樣。唯一不同的是，他的額頭上多了個血紅的窟窿！血從洞中汩汩冒出，噴了他面前一地都是。他無力地往前倒，我才看到他背後的人拿著槍，槍口還在冒煙。是琛哥！

這突如其來的衝擊讓我不知所措，連話都說不出來了。

琛哥將槍口轉向，重新指向我和死鬼，緩緩開口道：「的確，知道這件事的人都要死。他的話太多了，遲早有一天會壞事。」

我回過神來，沒想到剛剛還站在同一陣線的兩人突然就因為內鬨死了一個。黑社會口中的朋友和同伴關係還真是脆弱，隨時都可以為了自身利益殺了同盟伙伴。看來電影演的也不盡屬實，所謂江湖道義應該是編劇想出來的熱血情節吧。

我眼角餘光瞥見，離我腳邊不遠處有一樣體積不大的黑色東西，那是章魚兄倒地時從他手中脫出的槍！

「我必須要送你們上路了。小鬼，我還挺欣賞你的，可惜你知道太多了，否則我倒是想吸收你入幫。」琛哥看起來似乎很惋惜。

我微微彎曲了膝蓋，準備接下來能迅速動作。我大喊道：「琛哥，你饒了我吧，我保證什麼都不會說的。」

我偷偷瞄向死鬼，他用眼神跟我說：不要輕舉妄動！

「我不相信任何人。那麼，現在該先送誰呢？是你嗎？」琛哥將槍口指向我，「還是你？」接著指向死鬼。

就是現在！我撲了出去，摸到了那把槍。但我還來不及舉起它，便看到了琛哥已將槍口指向我。

接下來的一切就像電影的慢鏡頭一樣。我清楚看見琛哥扣下了扳機，想舉起手上的槍，沒想到我的動作也變慢了，還來不及對準琛哥，他的子彈已經從槍鏜射出，伴隨著火藥爆炸從槍口冒出的火花。

我的視界只剩下每秒行進五百公尺的手槍子彈，帶著醜惡的人性和死亡的氣息，朝我席捲而來。

「砰！」槍響同時，一個身影從旁飛撲而出，進入了我的視線範圍。

槍響之後，時間恢復了流動。

我聽見自己粗重的呼吸聲，感覺不到任何痛楚，因為那枚子彈並未打在我身上。微微低下頭，只見死鬼躺在我身前一動也不動。

我呆愣地看著死鬼，而琛哥重新舉起槍說道：「再見了。」

倏地，一道黑影竄過來直撲琛哥，他丟下了手中的槍發出大吼。我定神一看，那正咬在琛哥手上的噁心東西，竟是007！

賤狗緊緊咬住琛哥的手腕，看起來極其凶惡。琛哥怒吼著要蹲下去撿槍，但賤狗力氣極大，拖得琛哥根本無法動彈。

咬了半天，賤狗才終於鬆口，並比琛哥快一步站到了槍前面。牠發出低吼聲，琛哥根本無法靠近。沒想到似乎是萬能的大魔王，竟然敗在一條狗手上。

過了半晌我才幡然省悟，剛剛是死鬼，現在是賤狗，他們一鬼一狗輪流保護了我。

我愣愣地看著躺在地上的死鬼，心想我也應該做些什麼。

現在，琛哥手中沒了武器，而我有。我慢慢舉起手中重得不像話的東西，對準了琛哥。腦子裡非常平靜，拿著槍的手也穩妥地無絲毫猶豫，我的心中只有一個念頭：去死吧！

在扣扳機的剎那我閉上眼睛，那瞬間擊發的後座力讓我無法握緊槍。

「鏘！」

我睜開眼睛，看到子彈打在琛哥身後牆上冒出的火花，偏了很多。

我感覺到一隻冰冷的手抓住我的手腕，就是那隻手讓我打偏。

「別為了那種人弄髒你的手。」他說道。

我想再度舉槍，他只是緊箍著我，不讓我動彈。

「讓我殺了他！」我吼道。

「不能。」死鬼的聲音虛弱卻堅定。

我定定看著他，和他身上為了救我而多出的槍傷，然後丟下了手裡的武器。

琛哥往前了一些，似乎想說些什麼，但賤狗擋在我前方，讓他沒辦法越雷池一步。

這時，遠處傳來了警笛聲。琛哥愣了一下後，陰惻惻說道：「你今天沒殺了我，日後一定會後悔。」

我跪倒在地，死鬼的身體也順著我的動作滑落在地。我抬起頭看著琛哥，一字一句地道：「你今天沒殺了我，你日後也一定會後悔。」

琛哥聽了我的話後，忽然張狂地笑了出來：「你還真有勇氣，小鬼，可惜沒辦法跟你耗下去。遲早有一天，我們會再碰面，到時候，請你要好好陪我玩玩。後會有期。」

說完他便回頭走了，腳步沉穩，一點都不像是剛剛從鬼門關前走過一遭的樣子。

我看著琛哥的背影直至消失，才低下頭看死鬼的傷勢。

「死鬼，你、你還好吧？」我慌忙說。那槍不偏不倚打在死鬼胸口正中央，卻沒有血流出來。

死鬼牽出了個虛弱的微笑，道：「我沒事，只是有點痛。」他甫一說完，臉孔又痛得扭曲在一起。

他的樣子看起來很不妙，臉色蒼白，身體已變得有點透明，就像是電視上鬼魂要消散前的模樣。我的眼淚不自覺地流了出來，心中充塞著滿滿的悔恨和悲傷。

我哭道：「對不起，都是我害你的。如果我……」我哽咽到說不出來。

「沒關係，不是你的錯。我的時間本來就所剩不多了，閻王給我的期限就是到我抓住凶手為止。」死鬼伸出手，摸了摸我的臉頰，「我很高興……能在最後保護你。」

「閉嘴！別說這種像是永別的話！」我緊緊抱著死鬼的身體，他輕得像是隨時都會消失一樣。

「我要謝謝你，沒有你，我無法知道是誰殺了我。我很慶幸能在最後的時間認識你。」

死鬼說著，臉上是不捨的表情。「我早就該離開了，只是我一直對這世界存有貪戀。這些日子以來，我發現了比報仇更為重要的東西，也是那種意念驅使我撐下去。你可能無法理解，但告訴我這些道理的是你。」

我哭得眼淚鼻涕直流。死鬼低聲道：「別難過。」

「誰難過了，笨蛋！我鼻子過敏啦！」我用力吸吸鼻子，將鼻涕吸回去。

「那你眼睛裡流出的是什麼？」

「那……那是鼻涕啦！」

死鬼笑了出來，隨即又痛苦地皺起眉頭。

我連忙道：「你別說話了，我帶你去看醫生……不，我們去找道士或是和尚、神父，一定可以治好你的。」

死鬼輕輕搖了搖頭，說道：「來不及了，我本來就不屬於這個世界。我唯一的遺憾是，沒能在生前就認識你。」

我鼻子一酸，眼淚又掉了下來。可惡的死鬼，平常對我凶得要命又頤指氣使的，最後卻保護了我，還說了這種不像他會說的話，簡直就是犯規……害我一肚子的怨氣頓時冰消瓦解。現在唯一的念頭，就只有希望死鬼留下來。

我抬手擦去眼淚，卻越擦越多。我扶著死鬼想站起來，奇怪的是他身體很輕，卻又沉重得讓我無法直立。

死鬼將他的手放在我的手臂上阻止了我的動作，嘆道：「我的時間到了。」

我撲通一聲跪倒在地，絕望地抱住死鬼。我低頭將臉埋進他的頸項，只覺得他的身體更加冰冷，凍得我直打哆嗦。但我不想放手，無論如何我都不想放手。

死鬼輕撫著我的背脊說：「你有自己的路，每個人都在自己的路上前進，你必須知道，這條路是孤獨的，沒有誰能陪在誰身邊一輩子。我很欣慰，能夠在屬於你的路上與你並肩同行，雖然相處很短暫，但在最後的日子我過得很愉快……」

「什麼最後的日子！不准走！要走也要等你留下來的爛攤子收拾完再走！賤狗怎麼辦，你要把牠丟給我嗎？你上次幫我考試弄得我全校皆知，這件事我還沒找你算帳！」

我一條一條算著，「你知道我這樣幫你花了多少錢嗎？你知道這些日子以來我的心理創傷有多大嗎？我要你全部還清再加上精神補償費！你沒錢就做牛做馬想辦法補償我，幫我考試，幫我打掃，還要帶賤狗去散步！」

死鬼抬眼望著我，眼底似乎滿載著依依不捨，那種情緒直滲透到我骨髓裡，濃烈得讓我無法呼吸。

「我也想繼續留在你身邊，可是已經沒辦法了……跟你在一起很快樂，我想，如果我們在生前就認識，我一定也會有同樣的想法。說不定還會成為朋友……」死鬼喃喃說著，意識彷彿已經抽離。

「現在還來得及！我們一輩子都是朋友！」我急忙說道，眼淚滴下來，穿透死鬼的身體落在地上。

「別哭。」死鬼抬起手來想拭去我不斷流出的眼淚，手卻穿過去了。他沒收回手，狀似撫摸著我的臉頰道：「恐怕我們就緣盡於此了。最後我要跟你說，我很……」

死鬼的聲音低了下去，我聽不清他說了什麼。

驟然，一陣黑煙從地底冒出，形成了一個濃重的巨大漩渦。周圍颳起了惡臭的風，我被吹得睜不開眼睛。那黑煙盤旋著直衝上屋頂，周圍猛然變得像冰窖一樣冷。慢慢地，黑煙散去，從中浮現出來的是兩個詭異的身影。

那兩個人影，一個又高又瘦長著一副馬臉，皮膚白得像是刷了層油漆一樣；另一個又矮又胖，眼睛鼻孔都很大，頭上還長了一對角，皮膚看起來又粗又黑。我實在不知道這兩人是牛頭馬面、七爺八爺還是黑白無常。

但我知道，這兩個背著鐵鍊的傢伙，是地獄來的勾魂使者，是引領冤魂順利到達地獄的鬼差！

驀地，我的手抓不住死鬼的身體，不管我如何用力，他的身體還是變得像空氣一樣，怎麼抓也抓不住。

「等等！別這麼快帶走他，我還有話沒跟他說！」我向牛頭馬面大喊，身體卻像生了根似地動彈不得。

那高個子緩慢開口……不，正確來說他沒開口，聲音是從身體中發出來的，粗啞難聽，與其說是人聲，不如說是某種野獸的聲音：「人鬼殊途，你不應該太過留戀。」

「我只是想再跟他說說話罷了！」我大吼。

「不行，他將錯過投胎的時辰，一旦錯過就要再等三百年。」矮個子說。

我閉上嘴，怎麼能讓死鬼在黑暗的深淵多待三百年？

我低頭看著他的臉，平時微微上挑的銳利雙眼緊閉著，總是掛著輕蔑微笑的嘴角下垂著。我很想再聽他說說話或是睜開眼睛看我，不管是罵我笨蛋或白痴，睥睨我都好，但我曉得他不會再吐出一個字了。

我唯一能做的事，就是看著他離開。

我垂下手，死鬼的身體便緩緩地滑向那兩個鬼差。然後，又是一陣黑煙竄起，伴隨著惡臭的風。這是從地獄颳上來的風，席捲在他們周圍，最終消散。

「再見。」我彷彿聽到死鬼說著。

我慢慢地開口，是幾不可聞的……「再見」。

我還聞得到一絲硫磺味，手中殘留著死鬼冰冷的溫度，腦中依然迴盪著他所說的話，但他卻已經不在了，一點痕跡也沒留下。

賤狗嗚咽著跑過去，還不斷嗅聞，想聞出死鬼到哪去了。

我坐在地上，覺得胸口彷彿被挖空了。沒想到離別會讓人如此痛苦，悲傷得不能自已。

由遠而近的警笛聲停在不遠處，外頭喧鬧了起來，看來是來了很多人。門口幾個人影出現，跑到跪坐在地上的我面前。我抬起頭，認出那是蟲哥。

「天啊，真是太慘了。你沒事吧？」蟲哥蹲下來仔細檢查我身上的傷。

「你說到一半就斷線了，我回撥你已經關機了。我趕緊去調通聯紀錄，從基地臺查出你的發話位置在這一帶，我想這附近能夠讓他們交易的地方就只有這個碼頭了，果不其然……天啊！那是小章，他死了?!」蟲哥發現了章魚兄，大呼小叫地跑了過去。

「琛哥打算黑吃黑，結果兩敗俱傷。那傢伙就是內賊，剛剛被琛哥殺了。」我低聲道。

「什麼？」

「就是他洩漏你們內部的機密給青道幫，還殺死了你們前組長，他剛剛親口承認了。」

「原來是小章……」蟲哥喃喃說著，似乎很難相信這個事實。「你怎麼知道交易地點在這裡？」

「他……」我道，「前組長託夢給我的。」

蟲哥不可置信地看著我。

這一切就如同夢境一樣，遙遠不真實。

Epilogue

尾聲

之後，我在警局待了兩天才做完筆錄，因為我的精神狀態不是很好。而對於現場發生過的事，我一律緘口不答，員警也以我打擊太大，精神狀態受到影響結案。

我帶著賤狗回到家，面對空無一人的房子，開始動手收拾。而賤狗似乎也知道發生了什麼事，不吵不鬧，安靜地坐在一旁。

我沒有太多時間悲傷，何況這也不是悲傷的事，只是有點惆悵。

死鬼說過的話、他的表情、他的動作，依然歷歷在目。不知道他投胎到哪、投胎成誰？我真的很想知道，後悔當初沒有問問鬼差，雖然他們不見得會跟我說。

我燒了很多銀紙，希望能讓鬼差出來跟我說說。畢竟有錢能使鬼推磨嘛！但不管我燒再多，依然沒看到他們再度現身。

我想起死鬼說過，地下盡是一些愛錢的貪官汙吏，只希望我燒的紙錢能讓他們對死鬼好一點，找一戶好人家讓他投胎，不要讓他再這麼討人厭……

後來，我恢復了以前的生活。我還是跟以前一樣囂張跋扈，見人不爽就嗆，嗆了再打，努力想要恢復我從前的樣子。

我買了一堆彩色髮蠟，本想再弄回我之前最自豪的龐克頭。但抓好之際，看著鏡中的自己，我會想起之前死鬼的表情，他一定會厭惡地逼我去弄掉。最終我還是洗掉了。

縱使我努力想讓自己回到以前的樣子，但我內心很清楚，失落的那一塊是回不來了。

我天天去上課，連我的哥兒們都以為我是不是發生意外秀逗了，更別說學校的老師同學。

我沒有再騎空軍一號，決定等成年後去考駕照。我也不太去找那些書呆子的麻煩了，縱使那向來是我最喜歡的休閒活動。

我剛開始每天早出晚歸，一回家倒頭就睡，因為我不想待在家裡。每當我躺在床上扭開床頭燈時，那微黃的燈光總是會照亮整個室內，任何角落都一覽無遺。

死鬼曾在那張沙發上看報紙，曾和我一起坐在電視前努力地看著《真善美》；也曾站在流理臺前清洗賤狗的碗，或是在陽臺幫賤狗吹毛；死鬼曾在我睡眼惺忪刷著牙時站在浴室門口嘲笑我的頭髮，也曾和我一起躺在床上聊著沒營養的話題……

我曾和死鬼說過，離開家是因為老媽死了，所以沒辦法在她不存在的家裡待下去。

而現在，我也不知道有什麼地方可以去了。

直到有一天我發現賤狗瘦了一圈，我才赫然想起，賤狗又再一次失去了主人。我是討厭牠沒錯，但不能因此棄養或是不負起照顧牠的責任。

從此，我準時每天一放學就回家，帶賤狗去散步。雖然賤狗還是一樣踐兮兮地不理睬我，還會故意找我麻煩把東西翻得一團亂，但至少恢復了精神。

偶爾，我也會覺得牠看著我的樣子似乎在鼓勵我，直到牠在我伸出手想摸牠時狠狠咬我一口。

一天夜裡，我冷得凍醒，隨手抓起被子胡亂蓋在身上，翻個身繼續睡。

等等！剛剛那是什麼？我慢慢睜開眼睛轉過身，只見我上方有張死白的人臉！

我又見鬼了！我瞪大眼睛，渾身僵硬。

那鬼臉是倒著的，從我床頭牆壁伸出來。一雙眼睛瞪得都要暴出來了，齜牙咧嘴地緩緩靠近我。

然後，他開口了：「你不會這麼快就忘記我了吧？」

我猛然坐起，額頭重重撞在那鬼頭上，我們兩個都捂著頭倒床不起。我一下子跳了起來，指著他大張著嘴巴，卻一個字都說不出來。

我在做夢嗎？是不是那個冤死鬼在下面過得不好，所以來託夢了？雖然有疑問，但心中更多的是能再次見到他的喜悅。

「噢嗚！」賤狗也跑進來了，繞著他不停打轉，尾巴搖得都快斷了。

我伸出手想摸摸他是不是真的，但遲疑著不敢下手。如果是假的怎麼辦？如果只是夢怎麼辦？

那人一把抓住我的手，讓我顫抖著反覆摩挲他的手掌，是種冰冷熟悉的感覺。

「這是夢的話也太真實了吧……」我喃喃說著。

「你睡傻了？」他嗤笑著。「我可以跟你保證，現在不是在做夢。還是你這麼希望能夢見我？」

「鬼才想夢見你啦！」我反射性地跳起來大叫！如果不是做夢，那就代表……

「為、為什麼你會在這裡，你不是去投胎了嗎？」我顫抖著指著他。

死鬼牽起一抹笑容，一如往常地輕蔑：「該怎麼說，應該是鑽法律漏洞。」

「三小漏洞啦！你他媽少敷衍我！」我大吼。

「你脾氣還是一樣壞……仔細來說，就是鑽冥法漏洞。」死鬼道。

「什麼『民法』？你少晃點我！」

「是『冥法』不是『民法』。之前閻王答應我的條件是要讓我找到凶手，對吧？」

「……好像是。」

「直接害死我的是小章，但他只是聽命於其他人。真正的幕後主使另有其人。」

我大叫：「原來如此！」

「我用這個漏洞跟閻王談判，威脅他要是不讓我回來，我就上天庭告倒他！」死鬼看著我道：「所以，我回來了。」

我看著他，心中湧起說不清的感覺。我仔細分析，但還是解讀不出來，各式各樣的情緒像大雜燴般全混在一起，大概要去高科技實驗室離心分離一番，才能將它們統統甩出來。好吧，我隨便挑了一種出來，是……怒氣！

一察覺到這點，我馬上揪住他的領子，扯開喉嚨大罵：「靠！你有沒有搞錯啊！這種事你為什麼當初沒想到？害我……害我……」我不想說我多擔心他，省得被他嘲笑。

「害你白流了這麼多眼淚？」死鬼揚起奸詐的笑容。

「王八蛋！老子當你是朋友，誰朋友死了會不難過？」我大聲反駁。

「老實說，我那時並不是死了，按照一般說法，應該是我放下人間繁瑣，投胎去了。」

「那你都要安心去投胎了，幹嘛還要再回來？」我咬牙切齒地說。

死鬼盯著我道：「你知道嗎？活人的思念會影響在地底的鬼魂，我察覺到你的思念，因此我回來了。」

「靠！什麼思念！會想你的只有那隻賤狗！」我指著不停搖尾巴流口水的賤狗說。

死鬼笑而不答。眼看我又要發作了，他才道：「總而言之，既然回來了，我就要找出幕後黑手才會罷休，所以我們還是得繼續追查，對吧？」

繼續追查？那就代表……「你要賴在我這裡？」

「只有你看得到我，難不成你要我去找琛哥幫我報仇？」死鬼理所當然地說著。

「屁啦，要是琛哥能看到你，就代表一定有其他人也看得到！我才不要幫你，之前搞得我小命都差點丟了，而且又沒有酬勞！」我不滿說道。

「你想要錢？我還有遺產……」

「我才不要！就算有錢卻沒命花，那還要錢幹嘛！」我馬上拒絕。

死鬼忽地臉色一沉，說道：「我保證這次不會再讓你遭到無妄之災，一切行動以你的安全為優先。」他臉上表情極為認真，眼睛筆直地凝視著我。

我被他看得不太好意思，罵道：「你搞屁啊，幹嘛突然這麼肉麻！我告訴你，我可以保護自己，不用你來雞婆！」

「那你答應了？」死鬼咄咄逼人地問道。

「隨便啦！」

死鬼輕笑出聲：「謝謝。我必須告訴你，我那時說的話都是認真的，我真的很慶幸能夠認識你。」

「我是衰小才會認識你這倒楣鬼。」我口是心非地說。

「是嗎？那時你還說我們是一輩子的朋友。」

「那是客套話啦！誰都會說！」

「你的客套話聽起來像由衷而發，我都要當真了。」死鬼狡黠地笑著。

我正想罵他說什麼狗屁時，死鬼驟然兩手一伸，擁住我和賤狗。

我愣了一下，順勢反抱住他，用力地在他背後拍了拍，周身圍繞的是熟悉而令人懷念的冰冷氣息。我忍不住嘲笑他：「咱們東方人可不流行真情流露這一套，非要經歷生離死別才知道你也有多愁善感的一面。」

「你說什麼多愁善感？」

「當然是你現在的舉動啊。這是久別重逢後，令人感動的友情與熱血的擁抱吧。」

我善解人意地說。

死鬼放開我，一臉正經說道：「不是那種意思。」

「那是什麼？」我奇怪問道。

「你想想，什麼樣的事需要身體接觸？」

嗯，死鬼是鬼，鬼和人身體接觸……我赫然想起金爺爺筆下的吸星大法，只要碰觸就可以吸取別人的內力。我當然沒有內力，可是……

這次我只花了短暫的時間就明白了他的意圖。我不可置信地大叫：「你、你該不會是想吸我的陽氣吧?!你果然是惡鬼！」

「喔？」死鬼挑了挑眉。

我十分確定地說：「沒錯！你打算吸光我的陽氣，然後借屍還魂為非作歹對不對！」

「嗯……」死鬼思忖道：「或許有一半是真的。」

「我就知道！我要去找道士驅逐你！」

「噢嗚！」

——《Phantom Agent 幽靈代理人01》完

PHANTOM

Sidestory

番外

AGENT

他坐在辦公桌前飛快地敲著鍵盤，思考著上交的報告裡適當的遣辭用句，不能看起來太像閒聊也不能太有攻擊性。

解決了一份報告，他向後靠著椅背伸了個懶腰，一個從後方走來的同僚立即以嘲諷的口氣道：「哎呦，還沒天黑就累了，現在教出來的新人怎麼個個都像嬌滴滴的大小姐啊？」

他立即挺直腰桿，無奈地回頭跟大上他近二十歲的上司道：「隊長，這話你今天已經說第二次了。」

隊長打了個響指，一副茅塞頓開的樣子：「難怪，我就覺得分局裡近來菜味特別重，原來還有一隻菜鳥。」

他搖頭，轉回辦公桌繼續處理無盡的文書報告。

身為一個新進人員，大部分的文書工作和雜務都落在他的頭上，不僅如此，接到報案時，新人們也必須在第一時間到達現場。龐大的工作量讓他每天完全不得閒，加班又擔心被認為浪費納稅人的錢，只能盡力在正規值勤時間將事情處理完。

他並不是有所怨言，只是浪費時間在文書報告並不是他所期望的工作，畢竟他念的是警大刑事警察學系，一畢業就分發到分局偵查隊擔任分隊長，但在其他資深員警眼裡他仍是菜鳥。他明白自己資歷尚淺，只要力求表現，有朝一日必定可以被分發至總局的刑事局。

他不會冠冕堂皇地說「保護人民是警察的義務所以待在什麼位置都無所謂」這種表面話。很早以前他就體認到，唯有在高位才能做自己想做的事，真正以自己的方式有效率地遏阻那些猖獗的犯罪分子。

他並不認為自己是個嫉惡如仇的正義之士，即使從小在警察父親的耳濡目染之下，他也是在考上公立名校讀了幾年後才毅然決然報考警大。

「分隊長，報告好了！」一名比他年輕一歲的員警走到他位置旁大聲地說道。

他皺了皺眉頭，接過列印裝訂好的書面報告：「小重，我已經看到你了，不用這麼大聲。」

這名年輕員警便是隊長口中的另一名新人，剛被分發至樓下分局，年輕熱血莽撞，還有點沒神經，倒是活寶一個。

小重抓了抓頭髮道：「這個……我本來嗓門就大，控制不了。」

他隨意翻閱了一下，抬眼問道：「這次沒將證據標籤標錯了？我也不想再看到錯字。」

小重一臉大事不妙的樣子，訕訕地說：「我檢查好幾次了，應該沒問題吧？」

他不禁覺得有些頭疼，他可沒時間或心力再修改了。上次因為小重標錯了證物標籤，差點使得案件無法起訴。前幾天檢察官辦公室還傳來訊息，要求分局務必注意之後別再犯錯。

在心中權衡半晌，他暗嘆，將小重打發走後開始校對報告。

處理完手頭事務已是晚上十點多，辦公室裡只剩零零落落的幾個尚在值勤的員警。雖然早已交接，不過此時也超出自己的勤務時間數個小時了。

微薄的加班津貼對生活還算富裕的他來說毫不必要，反而更讓他覺得加諸在肩上的責任越發沉重。

和同仁打過招呼並婉拒樓下女警消夜的邀約，才終於能夠回家。他並不感覺疲累，大學剛畢業，以他的年齡來說，下班後還有充沛體力展開多采多姿的夜生活，只是沒心情。

打了下班卡，到停車場牽出自己的中型摩托車馳騁在夜風中，才真正讓人感到遠離了分局裡的忙碌。

初夏的夜晚沉澱著城市的氣味，被時間遺忘的建築鏽跡斑駁，一幢幢矗立在河堤旁，河面上黃色的燈火微微閃爍。這是他的轄區和從小生長的城市，他熟悉並喜愛這裡的點點滴滴。

他停在一間便利商店前，打算買些補給品，還未進門就看到了店內不尋常的景象。店員抓著一個孩童，男童對著店員的腿又踢又打，中年店員滿臉無奈地忍受男童的搥打。

他走進商店，店裡的兩人都停下動作。男童看起來頂多七、八歲，穿著印有超級英雄圖案的上衣和短褲，膝蓋上有跌倒擦破皮又結痂的痕跡，稚嫩的臉上滿是憤怒。

「這是怎麼回事？」他疑惑問道。

店員抓著男童背在背後的書包提把，努力想將男童拉開。「這個小鬼剛進來，突然就把櫃檯上的商品往口袋裡塞，還大叫要我把他送到警察局……勸他乖乖回家也不聽，我實在沒辦法。」

他看著還不到自己腰際高的男孩，躊躇了片刻掏出警徽：「我是警察。」

店員露出如獲大赦的模樣，將這燙手山芋丟給他。男孩一聽到他是警察，頓時有些畏懼，隨即又恢復凶暴的表情。

他拎著男孩的書包，讓男孩的攻擊轉移。他身高腿長，輕鬆就將男孩拉開攻擊範圍。拳打腳踢無效，男孩氣喘吁吁地瞪著他道：「你是條子？」

他眉頭微蹙，將警徽拿到男孩眼前：「如果你非要這麼說……現在這時間你不應該在外頭，你家在哪？」

「放開我，渾蛋！我要去警察局！」男孩扭動著身體試圖脫離箝制。

「你真的想因為偷竊被抓進警局？」他嚴肅地對男孩道，帶著些許恐嚇意味。「我們對於偷竊犯可是毫不留情，尤其是小孩子一定要經過嚴刑拷打，那可比爸爸媽媽打的痛上好幾倍。」

男孩瑟縮了下，立即又大喊：「我沒媽媽！你少騙我了，臭王八蛋！」

他心中暗嘆，寧靜的夜晚算是泡湯了。他打開男孩書包，試圖找到身分證明相關資料，至少找到監護人的電話。

「喂！別翻我書包！你要翻我書包就拿搜索票來！」男孩徒勞地掙扎著。

男孩空蕩蕩的書包裡沒有課本、習作簿或是家庭聯絡簿，連他就讀哪間學校都毫無線索，更別說家長的聯絡方式了。他問了一些問題，但男孩相當倔強，嘴巴緊閉著一點資料都不肯透露。他決定如男孩所願將他帶回分局，讓一樓的轄區警員負責。

看看手表已近晚上十一點，他應該打電話叫輛巡邏車來。但轉念一想，還是決定自己跑一趟。

他將男孩口袋裡的未結帳商品盡數掏出，為融化變形的巧克力結帳，拎著男孩離開。他從車座下拿出另一頂安全帽給男孩戴上，由於他的摩托車沒有前置腳踏空間，車身又高，以小孩子的身高根本騎不上去，只能抱著他坐上摩托車。

「放開我！我自己就可以了！小心我告你！」

不顧男孩叫罵，將他放在後座便跨上車，調頭朝反方向騎去。

男孩一路上喋喋不休，兩隻手臂緊緊抱著他的腰，時不時地用戴了安全帽的腦袋洩憤似地撞他的背部。

這倒是不痛不癢，只是讓對於小孩子沒特別好惡的他不禁在心中提醒自己，若是自己成家後定要將孩子的教養放在首位。

騎到分局將男孩丟給值勤警員，他才再度踏上歸途。

隔天清晨天剛微亮，他已經穿著運動鞋，踩著散熱了一整晚而顯得微涼的紅磚人行道穿梭在大街小巷。耳機裡傳出的音樂正好契合他習慣的步伐節奏，心跳、呼吸維持在適當的速度。

他的早上總是由晨跑開始，日復一日，從未改變。

今天休假，意味著他的晨跑可以延長時間，正考慮著是否要沿著河濱步道，一名路人跟他擦身而過，手中的遛狗繩繫著一隻不知品種的小型犬，對著所有經過的人狂吠。

這時他才想到了前一晚撿到的張牙舞爪的小流浪狗，應該已讓家長接回去了。雖然不是他的管轄範圍，或許今天上班時應該了解一下男孩深夜還在外頭遊蕩的理由。

他抬起手腕設定手表計時，將運動時間延長了一個半小時。

早上七點，他穿著便服準時出現在分局。這是他第一次在休假時去工作場所，為的還是私人理由。他中斷了晨跑，回家整理洗漱之後考慮了半晌，決定到分局瞧瞧。

問了其他警員之後才知道男孩在分局睡了一晚，無論連哄帶騙威脅利誘都不肯開口，也沒接到任何關於失蹤兒童的報案。他走到分局二樓的接待室，看到兀自睡在沙發上的男孩，頭枕著書包、身上蓋著女警的外套。

今天是週末不用上學，但失蹤了一晚卻沒人報案，難道他真的……

男孩睜開眼睛，看到他站在一旁，臉上盡是茫然。花了點時間才似乎想起自己所在何處，立即坐起身戒備地瞪他。

他在沙發前蹲下，問道：「你住在哪裡？為什麼不回家？監護人呢？」他小心地措辭，雖然小孩子不一定能明白這個詞的意義。

男孩賭氣似地瞪著他，一言不發。他心中暗嘆，其他警員花了這麼多時間都沒能讓他開口，看來沒這麼容易解決。他拿起男孩的書包，道：「書包背好。」

男孩愣了愣，並未照做。他站起身，一手拿著書包，一手抓著男孩的手臂，轉身走向樓梯。他的動作不算粗魯，男孩似乎一時間摸不著頭緒，待下樓梯到一半時才開始掙扎。

「救命啊！警察打人啦！」

叫喊聲引起所有警員的關注，但一看到牽著男孩的是他，眾人紛紛轉回頭假裝忙著自己的事。男孩見狀，更是叫個不停，樓上的幾個刑警也聞風而來查看。

剛來上班的小重看得目瞪口呆，在前輩們的施壓下不得不攔住他道：「分、分隊長，你現在要幹嘛？」

他沒停下腳步，只是道：「給我一副手銬。我現在要移送嫌犯到少年監獄，如果順利應該會判無期徒刑。」

小重連忙從口袋拿出手銬，彎腰湊近男孩，略顯笨拙地銬住他的雙手。

男孩霎時愣住了，似乎沒想過自己會像歹徒一樣被銬起，連呼救都忘了。

他以眼神示意。小重明白他的意思，蹲在男孩面前奸笑：「祝你好運。聽說少年監獄兒童部很可怕，我的表弟在那裡關了一年，出來之後竟然變成……軟腳蝦。回學校之後還被班上所有同學欺負，每天把他關在廁所裡，還將他的課桌裡塞滿垃圾，在他的書包上用修正液寫『我是小孬孬』。呼，真可怕，幸好你進去之後大概永遠永遠都不會出來了。」

小重講得天花亂墜，恐懼從男孩臉上浮現，但他還是咬緊牙關，用力得都有些微微發顫。

眾目睽睽之下，他拎著男孩走出分局大門。

走到停車場一輛警車旁，他打開後座車門示意男孩進去。男孩看著警車瞪大眼睛，慢吞吞地坐上去。

他居高臨下看著他，一字一字地講，好讓男孩聽清楚：「這輛車一旦開動，在到達目的地之前都不會停下來，在我關門前，你還有最後一次機會開口。下次你想見到爸爸媽媽，就要在監獄裡會面了。」

男孩扁著嘴巴，眼睛眨了眨，眼淚便掉了下來。

他嘆了口氣，在車門旁蹲下。「任何事都可以跟我說，我們會幫助你的。」

男孩抽抽搭搭哭了半晌，哽咽道：「我不想坐牢。」

他從口袋掏出手帕給他擦臉，一隻手搭在孩童背上。「你只要好好地說出來，我就不會讓你坐牢。」

「真的？我不會坐牢？」男孩眨巴著雙眼，期盼地看著他。

「我保證。」

男孩吸了吸鼻涕，期期艾艾地說：「我、我媽媽死了，我不想一個人在家裡。」

他皺了皺眉頭，問道：「爸爸在家嗎？或是爺爺奶奶？」

男孩搖頭。「我沒有爺爺奶奶和外公外婆，爸爸……在工作，都是管家阿姨照顧我。」

他心中暗嘆，又是一個典型的案子。男孩衣著精緻，家境應當不錯，但失蹤了一晚卻沒人發現。他可以想到幾百幾千個有著同樣處境的孩子，只是很少有人寧願去警局過夜也不回家。他握著男孩的手，小小的，暖暖的。

「那麼，你願意告訴我你的名字和地址嗎？」

男孩看著他，微微頷首。

他讓男孩坐在他的辦公桌旁玩電腦，自己則調查男孩的檔案。這麼小的孩子理所當然沒有案底，接著用父母的名字和地址查詢才發現了蛛絲馬跡。母親約莫兩個月前去世，死因是自殺。確切原因從警局檔案裡看不到，想調出醫院紀錄，必須擁有更高級的權限或是搜索票。

他瞧瞧在一旁玩著撲克牌遊戲的男孩，躊躇了片刻才問道：「我想問你一些事，如果不願意你可以不回答。」

七歲的男孩停下滑鼠動作，轉頭看著他。他看著男孩的雙眼，生平第一次覺得自己似乎開不了口。

「你母親過世當時的情形，你知道嗎？」

男孩的雙手抓著衣服絞在一起，聲音還帶著濃濃的鼻音：「我早上起床的時候，媽媽沒起來，我就去房間叫她，怎麼叫她都沒起來。」

「然後你就叫了救護車？」他看了看資料，上面說著當時打電話的是死者八歲的兒子，家裡沒有其他人。

男孩點頭。「醫生來的時候媽媽沒呼吸了，身體很冷很硬。我問他們媽媽怎麼死的，沒人跟我說。但我聽到醫生說『ＯＤ』，這是什麼意思？」

ＯＤ，Overdose，指藥物過量。所以他的母親可能是吞安眠藥過多致死，也可能是其他藥物。

「我知道媽媽常常打針，每次和爸爸吵架之後她都會躲在房間裡打針。救護車的醫生看到媽媽房間的針筒時還說『難怪是ＯＤ』。」男孩說道。

他眉頭一皺，自行靜脈注射多半是糖尿病用的胰島素，極少數是藥用嗎啡，但聽男孩所說，他母親的施打狀況似乎不太像是醫療行為。

「你知道你媽媽使用什麼藥品？」

「白色的藥粉，我不知道是什麼藥，但媽媽說她沒生病，還不准我告訴爸爸。她都會先放在小盤子裡加水用打火機煮，然後打針。」

他放下卷宗，心裡有些了然。

吃過午飯，他讓男孩到接待室睡午覺，自己則去找了上司調出了事件報告。由於死因不單純，當初警方曾立案調查，最終結論的確是自殺無誤。

男孩的父母不和已久，父親長年在外，做的不是正經生意，涉嫌黑市骨董交易。母親則是一名普通的家庭主婦，沒有前科也沒有任何不尋常的經歷。她染毒約一年，在菜市場裡其他主婦的勸誘下開始嘗試。起初只是極少量，就如同其他主婦一樣，為了能夠暫時遺忘生活的不順遂。

然而朋友間的玩鬧已無法滿足她，便直接找上藥頭交易。由於生活富裕不需擔心買毒資金，她也克制地吸食，除了日夜相伴的孩子，竟沒人發現她已日漸沉迷於毒品。

看到這裡，他眉頭深鎖地思考著。這個城市的毒品問題漸漸浮現，由於全國最大的幫派在背後控制，毒品甚至已經入侵校園。

日前他們破獲一個販毒據點，抓到的毒犯年紀最小的才十三歲。而許多凶案、劫案、竊案都跟毒品脫不了干係，暴力分子日漸猖獗，都拜青道幫所賜。

他將注意力轉回檔案上。

男孩的母親那天深夜和丈夫透過電話大吵一架，一氣之下為自己注射超出平常使用量八倍的海洛因，未留下隻字片語便身亡了。

他闔上檔案，看著睡在沙發上的男孩，悄聲走出接待室。

下午他帶著男孩遊覽城市，看了有二百多年歷史的城門，至今還矗立在市區被遺忘的一隅；舊時酒廠改建成藝文中心，假日時父母帶著小孩來此看展，或是漫步在外圍的石磚道；座落在山腳的纜車站輸送著一個個色彩繽紛的車廂，滿載著出遊的人潮直達山上盛開的花季。

傍晚時分，他們來到河濱公園。他教沒比籃球大多少的男孩如何運球接球，一般標準的籃框太高，男孩使盡吃奶力氣都沒能讓球碰到籃板。

「可惡！籃球真是太無聊了！」

男孩最後一次將球丟出又落了空，忍不住往球場上一坐。「學校裡六年級的學生都霸著籃球場，那群王八蛋……」

「不准罵髒話。」他拾起籃球一拋，球準確地進網發出清脆的聲響。「等你大一些就有足夠力氣了，而且你連基本運球都不會，怎麼能指望投籃準確。」

「我覺得運球和投籃沒什麼關係。」男孩嘟囔著，在籃球滾過身旁時伸出腳停下。

他從車座下拿出水瓶遞給男孩，在他旁邊坐下。他仰頭喝了幾口水，旋上瓶蓋之後道：「我在跟你一樣大的時候，父親去世了。」

男孩駝著背，將下巴撐在水瓶蓋上，似乎覺得這個話題索然無味。「是喔……叔叔你爸爸也是個渾蛋嗎？跟我爸爸一樣嗎？」

他失笑，心想現在的小孩都伶牙俐齒的，詞彙量也很豐富。他搖頭道：「他不負責任的程度可能和你父親差不多。他是警察，成天在外工作不回家，雖說工作時間很長，但也沒賺多少錢。」

男孩抬起頭，歪著脖子道：「我還以為條子賺很多。或許你該考慮換工作。」

他揉了揉男孩的頭髮：「古靈精怪，你要是認真一點念書，成績也會不錯。」

「我沒興趣。」男孩昂然道。

他頓了頓，問道：「你媽媽呢？」

「她現在過得很好。我父親過世之後就靠她一人養家，非常辛苦才維持起我和妹妹兩個人的生活。」他看著男孩，放低聲音：「那時候妹妹還小，都託給保母照顧，而母親經常忙到三更半夜才回家。我一個人常覺得很寂寞，但我明白還有很多其他對我好的人。」

男孩抱著膝蓋，臉埋在雙臂中，聲音聽起來悶悶的。「管家阿姨和祕書叔叔也對我很好，還有學校朋友也都很好。我只是想讓爸爸來找我，我不見這麼久他都不知道。」

他摸了摸男孩的背脊，沒說什麼。

「叔叔，我想回家。」男孩抬起頭。「雖然我爸爸是個混帳，但是日子還是要過。」

「不准說粗話。」他站起身，向男孩伸出手，「走吧，我帶你回去。」

男孩搖了搖頭，拉著他的手站了起來，彎腰拿起放在地上的書包單肩背在身上。

「我自己回去就可以了，我家在附近。」

他們走到他的摩托車旁，他倚著車頭問道：「你不會打算去其他地方鬧事吧？」

男孩扁了扁嘴，埋怨道：「我現在知道偷東西要坐牢的，我才不會為了我爸爸坐牢呢！」

他蹲下看著男孩，從口袋裡掏出張名片遞給他，誠心地道：「如果有任何事，隨時可以來找我。」

男孩接過名片點了點頭，隨即又猛搖頭。「不，我不會再找叔叔。你是臭條子，要是你想把我抓去關就完蛋了。我現在不用你的幫忙也能活得很好，我看開了，沒辦法選擇父母就只好將就。對吧？」

「雖然不盡正確，不過你能這樣想就好。」他伸出手掌和男孩握了握，認真地道：

「希望我們下次見面時你已經沒有這些煩惱，做個頂天立地的男子漢。」

男孩似懂非懂地握著他的手，皺著眉頭道：「你說得太深奧了，我聽不懂。」

兩人道別，他在夕陽餘暉下看著男孩小小的身影快步跑上河堤，一下就消失了。

他走上河堤在草地坐下，看著波光粼粼的河面，蘆葦叢在風中搖曳，水鴨成群地從中振翅飛起；遠處的棒球場傳來吆喝聲，一群孩子正整隊回家，一旁的步道上三三兩兩的行人慢跑而過。

這是他出生成長並深愛的城市，他會不惜一切保護它。

小重走到他坐位旁，大聲地道：「報告改好了！我敢保證這是個完美得不需要刪改的報告！」

「需不需要修改由我決定。」他冷淡地說，收下報告放到桌上。

小重在他旁邊徘徊，欣羨道：「我和前輩同是新人，但我在樓下前輩在樓上。警大畢業真好，一開始就從分隊長做起，早知道我也讀警大了，可是我的成績不夠……」

「如果你時間很多，不如去檔案室整理卷宗。」

「別這樣咩，前輩。」小重在旁邊的空椅子上坐下，興致勃勃地問道：「你也想去刑事局吧？我也是，雖然從最基層開始，應該要花上不少時間，不過我很有自信。」

他頭痛地從電腦螢幕中轉過頭，毫不留情道：「我不知道你的自信從何而來，不過按照你的效率推算，在你調到刑事局之前，就會先因為考績丙等被開除。」

小重樂呵呵笑道：「前輩，你真是幽默。公務員沒有重大違紀怎麼會被開除啊？」

他決定專注在自己的工作上，完全無視小重。小重沒察覺，一個人自顧自地說：「前輩你應該會選擇重案組吧？我之前偷聽到其他大頭說話，說你很敏銳，很適合偵辦凶案，而且你本人的志願好像也是重案組……」

「不。」打著鍵盤的手戛然而止，他凝視著放在桌上的檔案夾。過了半晌，他的嘴唇翕動。「緝毒組。我要進入緝毒組。」

「喂，死鬼！你圓寂了嗎?!」我用力地搖晃著他。

死鬼這傢伙站在我的垃圾堆前大概有十幾分鐘，就這樣一動也不動的，讓人看了就煩。他剛逼我將房間打掃乾淨，整理出了一堆陳年垃圾。當初從家裡搬出來住，幾乎將我從小到大收藏的東西全一起搬來了，當然絕大部分是垃圾。

我叫了半天，他才突然回過神，眉頭微蹙道：「你要做什麼？」

「我才要問你幹嘛咧！你老人痴呆症喔？一點反應也沒有。」我嫌棄地說。

「這不是應該用來開玩笑的事。」他拿起一張有些厚度的泛黃紙片，若有所思地看著。「我只是想起一些往事。」

「是啊是啊，你又想炫耀你的豐功偉業和英雄事蹟對吧？」我翻了翻白眼。

死鬼抬起頭來，蹙著眉頭：「你真是一點長進也沒有。」

我坐在電視機前拿著Wii搖桿，不耐煩地叫道：「現在不是懷舊的時候。你要是很閒就來幫我，這關我死了快一百次了！快拿另一隻搖桿幫我！」

他嘆了口氣，丟掉手中的紙片讓它落入垃圾袋裡。他在我身旁席地而坐，拿起搖桿加入戰局。

——番外完

高寶書版集團
gobooks.com.tw

輕世代 FW181
Phantom Agent幽靈代理人01

作　　者　胡椒椒
繪　　者　フジワラカイ
編　　輯　林紓平
校　　對　林思妤
美術編輯　彭裕芳
排　　版　彭立瑋
企　　劃　陳煒翰

發 行 人　朱凱蕾
出　　版　英屬維京群島商高寶國際有限公司臺灣分公司
　　　　　Global Group Holdings, Ltd.
地　　址　臺北市內湖區洲子街88號3樓
網　　址　www.gobooks.com.tw
電　　話　(02) 27992788
電　　郵　readers@gobooks.com.tw（讀者服務部）
　　　　　pr@gobooks.com.tw（公關諮詢部）
傳　　真　出版部　(02) 27990909　行銷部 (02) 27993088
郵政劃撥　19394552
戶　　名　英屬維京群島商高寶國際有限公司臺灣分公司
發　　行　希代多媒體書版股份有限公司/Printed in Taiwan
初版日期　2016年3月
四刷日期　2019年3月

國家圖書館出版品預行編目(CIP)資料

Phantom Agent幽靈代理人 / 胡椒椒著.-- 初版. -- 臺北市：高寶國際, 2016.03-
冊；　公分. --

ISBN 978-986-361-253-7(第1冊：平裝)

857.7　　　104028327

三日月書版

三日月書版

GOBOOKS & SITAK GROUP©

GOBOOKS
& SITAK
GROUP ©